D

Radek Knapp

Der Mann, der Luft zum Frühstück aß

Erzählung

Deuticke

Mit freundlicher Unterstützung der
Kulturabteilung der Stadt Wien.

1 2 3 4 5 21 20 19 18 17

ISBN 978-3-552-06336-5

Satz: Eva Kaltenbrunner-Dorfinger, Wien
Druck und Bindung: Friedrich Pustet, Regensburg
Printed in Germany

FSC
www.fsc.org
MIX
Papier aus verantwortungsvollen Quellen
FSC® C014889

Der Mann, der Luft zum Frühstück aß

1

Niemand wusste so richtig, was im Kopf meiner Mutter vorging. Leute, die sie kannten, behaupteten, dass dort eine entzückende Leere herrschte, andere wiederum konnten geradezu den Donner hören, den der eingeschlossene Geist beim Nachdenken erzeugte. Tatsache war, dass sie manchmal zu erstaunlichen Kopfgeburten fähig war, deren volle Wucht als Erstes mich, ihren einzigen Sohn, traf.

Ihre erste Kopfgeburt war fast schon amüsant. Sie gab mir nicht den Namen Jan, wie es bereits ausgemacht war, sondern Walerian. So hieß das Beruhigungsmittel, das sie dazu brachte, meine Geburt zu verschlafen, und sie befand, dass ein derart gelungenes Präparat entsprechend verewigt werden müsste. Dass sie mich dadurch für mein ganzes Leben zu einer Lachnummer abstempelte, war nicht so wichtig wie die Tatsache, dass sie von da an in meiner Gegenwart eine Entspannung verspürte, die andere Mütter beim Anblick ihrer Brut niemals empfanden. Trotzdem machte sie davon nicht oft Gebrauch, und als ich ein Jahr alt war, verzichtete sie aus unerfindlichen Gründen völlig darauf. Sie tauchte eines Tages mit mir auf dem Arm im Haus meiner Großeltern auf und bat sie, über das Wochenende auf mich aufzupassen. Sie kam erst nach elf Jahren wieder zurück und fragte, als ob nichts geschehen wäre, wo ich gerade sei. Auf die ironische Frage meiner Großmutter, ob die Uhr ihrer Tochter für elf Jahre stehengeblieben war, gab sie eine Antwort, die in ihrer Ehrlichkeit schon wieder bewundernswert war: Sie sei nicht nur Mutter, sondern auch eine Frau, deren Schwangerschaft unglücklicherweise mit ihrer Jugend zusammengefallen war. Sie sei dieser genauso viel schuldig wie mir, wenn nicht mehr, denn die Jugend ginge schnell vorbei; ich hingegen würde noch da sein, wenn sie schon alt und runzlig wäre. Ganz abgesehen von der allgemeinen Verachtung, die ihr dieses Geständnis einbrachte, galt sie von da an als unberechenbar wie eine nordkoreanische Atombombe. Tief gekränkt von dem Vergleich mit einer Massenvernichtungswaffe, entwickelte sie die nächste Idee, die meinem Leben eine Richtung gab, die niemand und am wenigsten ich mir erträumt hätte.

Nach einer verdächtigen Ruheperiode, in der sie ihren mütterlichen Pflichten vorbildlich nachging, nahm sie mich eines Tages für eine kurze Autofahrt in die Stadt mit. Wir passierten das Zentrum, den Stadtrand und interessanterweise auch andere Städte, bis wir zehn Stunden später vor einem rot-weiß-roten Schranken in Drasenhofen hielten.

»Auf der anderen Seite liegt Österreich. Dort fangen wir ein neues Leben an«, verkündete meine Mutter und zeigte auf das Feld hinter dem Schranken, wo ein paar Krähen um eine leere Plastikflasche der Firma Coca-Cola stritten.

Als sie meinen verständnislosen Blick auffing, fügte sie hinzu: »Mach nicht so ein Gesicht. Ab jetzt wirst du viele Grenzen überschreiten. Sie werden aus dir das machen, was ich nie geschafft hätte. Einen Mann.«

Ob ich dadurch ein Mann wurde, müsste genauer erforscht werden, aber ganz gewiss wurde ich dadurch zum Experten von Grenzen und ihren Überschreitungen.

Nach der Staatsgrenze folgte bereits die nächste Grenze: der Wechsel von der slawischen Sprache in die germanische. Deutsch zu lernen ist für einen Polen genauso schwer wie allgemeine Relativitätstheorie. Aber in Wien kam noch das Problem dazu, dass man dort gar nicht Deutsch sprach.

Ich weiß noch genau, wie ich mich kurz nach meiner Ankunft in ein Lebensmittelgeschäft verirrte und gleich an der Schwelle den mysteriösen Satz hörte: »Sprüh a Wolk'n!«

An dem Gesicht, das diesen Satz fallenließ, erkannte ich eines: Es war keine Aufforderung, eine Wolke mit einer Spraydose zu bearbeiten, sondern man empfahl mir, das Lokal recht flott wieder zu verlassen. Von da an staunte ich, wie viele Ausdrücke es in dieser traditionell gastfreundlichen Stadt gab, die zum Sich-Entfernen aufforderten, wie etwa »Mach ein Servus« oder das zuletzt wieder stark in Mode kommende, arabisch klingende »Hau dich über die Häuser«.

Doch ausgerechnet der Wiener Dialekt half mir, eine Grenze kennenzulernen, die meinen Horizont beträchtlich erweiterte. Als ich die deutsche Sprache bereits so weit kannte, dass ich kleine Jobs annehmen konnte, arbeitete ich in einer Wiener Druckerei. Meine Aufgabe bestand darin, Zeitungen zu bündeln. Ich steckte sie in eine Maschine, aus der ein Faden herausschoss. Wenn man nicht aufpasste, schnürte der Faden nicht nur das Zeitungsbündel zusammen, sondern auch die Hände, mit denen man es hielt. Dann musste man sich an einen Arbeitskollegen wenden, der einen kopfschüttelnd mit einem »Aj Jesus, Jesus« und einer Schere befreite. Auf diese Weise arbeitete ich bereits ein paar Wochen in Halle A und war jeden Tag aufs Neue verblüfft, dass man überhaupt Geld für so eine spannende Arbeit bekam.

Doch dann passierte das Unglück. Eines Tages sagte mein Chef, ich solle in Halle B gehen und ein »Schragl« holen. Auf die Frage, was ein »Schragl« ist, erntete ich den Blick eines Mannes, der noch nie eine blödere Frage gehört hat. »Ein Schragl ist ein Schragl«, erklärte er mir. Ich verließ zum ersten Mal meine traute Halle A und begab mich in Halle B, wo ich nach einem »Schragl« verlangte. Man gab mir eine Art Regal auf Rädern. Glücklich kehrte ich in Halle A zurück und übergab es meinem Chef. Der sah mich entgeistert an und sagte: »Was hast ma da gebracht? Das ist ein Holztischerl und kein Schragl.«

Ich schüttelte den Kopf: »Das ist ganz gewiss ein Schragl.«

Der Chef platzte heraus: »I arbeit schon zwanzig Joahr do, und du wirst mir net sagen, was a Schragl ist, kloar?«

Ich trottete zurück in Halle B und machte kurzen Prozess.

»Das ist ein Holztischerl«, ließ ich verlauten.

Darauf hörte ich einen Spruch, der mir bekannt vorkam: »I arbeit schon zwanzig Joahr do und weiß, was a Holztischerl ist. Des is a Schragl.«

»Aber nicht in Halle A«, gab ich zu bedenken. Ich wurde an diesem Vormittag mehrmals wie ein Pingpongball hin- und hergeschickt, bis ich das delikate linguistische Gleichgewicht zwischen Halle A und B derart durcheinandergebracht hatte, dass man es nur durch eine radikale Maßnahme wiederherstellen konnte: Ich wurde entlassen. Ich weiß bis heute nicht, was ein Schragl ist, aber dafür lernte ich etwas, was mir das Leben künftig erheblich erleichtern sollte. Wer in Halle A zur Welt gekommen und von der eigenen Mutter in Halle B entführt worden ist, für den wird alles zu einem überraschenden und unberechenbaren Abenteuer. Und der Einzige, auf den man sich dabei verlassen kann, ist man selbst.

2

Kurz nach meiner Ankunft in Wien tauchte für meine Mutter ein gewichtiges Problem auf. In welche Schule sollte sie ihren Sohn, von dem sie nicht allzu viel wusste, schicken? Von ihren seltenen Besuchen bei meinen Großeltern wusste sie lediglich, dass ich zu jenen Halbwüchsigen gehörte, die von der Schule nur dann Gebrauch machten, wenn es draußen stark regnete. Dabei wollte ich anfangs ein guter Schüler sein. Als Kind hatte ich sogar vor, durch die Schule so klug zu werden, dass alle Leute zu mir kommen würden, um mich um Rat zu fragen. Im Gegenzug würden sie dafür Hühner, Pasteten, Süßigkeiten und all die anderen Dinge dalassen, die man zum Leben brauchte. So würde ich problemlos über die Runden kommen, was, wie ich an den Erwachsenen sah, gar nicht so selbstverständlich war. Leider fand ich bald heraus, dass einem die wirklich interessanten Dinge nicht in der Schule beigebracht werden, sondern auf dem Weg dorthin. Wo hätte ich sonst gelernt, wie viel Bier ein Ziegelarbeiter in aller Früh schon austrinken und wie lange er anschließend in der Position eines Fragezeichens schlafen kann? Beim Eiskaufen wiederum beobachtete ich, wie der Ladenbesitzer Herr Piotr seiner jungen Verkäuferin Mariola unter den Rock griff und darauf jedes Mal von ihr eine Schaumschnitte geklebt bekam. Als dann herauskam, dass sein Laden den größten Verbrauch von Schaumschnitten in der Gegend hatte, kannte nur ich den wahren Grund. Ganz zu schweigen davon, dass Herr Piotr diese Schaumschnitten aus eigener Tasche beglich und fast bankrottgegangen wäre, wenn Mariola nicht rechtzeitig gekündigt hätte.

Durch die Entführung nach Wien wurde die natürliche Kette meiner Edukation irreparabel geschädigt. Ich spürte, dass ich nach dem, was mir widerfahren war, nie richtig warm mit der Schule werden würde. Als hätte das jener Beamte im österreichischen Unterrichtsministerium, den meine Mutter um Rat fragte, geahnt, empfahl er ihr, mich in die Hauptschule in der Märzstraße zu stecken. Er bedachte mich dabei mit einem melancholischen Blick und tätschelte mir den Kopf: »Dort kann er nicht viel Schaden anrichten, egal, wie viel Mühe er sich gibt.«

Die Schule in der Märzstraße stellte sich als ein Segen heraus. Sie lag im vierzehnten Wiener Bezirk, der damals ausschließlich von Leuten bewohnt war, die sich von früh bis spät im Wiener Dialekt übten und deren Hauptbeschäftigung darin bestand, ihre Mofas auf der Straße zu reparieren. Meine Befürchtungen, dass ein derartig einfach gestricktes Umfeld mit einem Ausländer hart umgehen könnte, bewahrheiteten sich nicht. Im Gegenteil. Man zeigte sich mir gegenüber sehr feinfühlig und behandelte mich mit jener rührenden Zuvorkommenheit, zu der nur der einfache Mann fähig ist. Fairerweise muss man auch anmerken, dass der Satz »Ich komme aus Polen« damals noch nicht dieselbe Panik auslöste wie ein paar Jahre später, als polnische Autodiebe Deutschland derart intensiv heimzusuchen begannen, dass Stuttgart seinen Mercedes auf die Liste der vom Aussterben bedrohten Arten setzte. Im Gegenteil. Meine Gegenwart löste wohlwollende Neugier aus, und ich ging als exotisches, bedauernswertes Wesen durch, das aus einem geheimnisvollen Slawenland kam, das hinter dem Eisernen Vorhang ein nebulöses Dasein fristete.

Wegen meiner dürftigen Deutschkenntnisse steckte man mich vorsorglich in den sogenannten B-Zug, was sich als großer Glücksfall erwies. Der B-Zug bestand nämlich vorwiegend aus Schülern, an denen mehrere Sonderschulen brennend interessiert waren. Ihre Neigung, alles in Zeitlupe zu machen, kam mir sehr entgegen. Wenn mir ein Mitschüler etwas mitteilen wollte, sprach er so langsam, dass mir genug Zeit blieb, jedes einzelne Wort im Wörterbuch nachzuschlagen. Unsere Tage verbrachten wir vorwiegend damit, unsere zehn Finger zu zählen und die Wolken hinter dem Fenster auf ihre strukturellen Eigenheiten zu untersuchen. Die Lehrer bedachten uns mit gütigem, melancholischem Blick, in dem nur von Zeit zu Zeit der wütende Wunsch aufflammte, uns allesamt durchfallen zu lassen. Am Ende bekamen wir in jedem Fach ein »Befriedigend« und bauten kontinuierlich unsere Studien des bewölkten Himmels aus. Anfangs machte ich mir Sorgen wegen meiner gegen null tendierenden Deutschkenntnisse. Ich beherrschte nur zwei Sätze auf Deutsch, die ich noch in Polen aus alten Kriegsfilmen aufgeschnappt hatte. Der erste Satz lautete, »Wo ist Sturmbahnführer Stettke«, und der zweite, »Mein Gewehr hat eine Ladehemmung«. Mit diesen beiden Sätzen kam ich aber im B-Zug das erste Jahr problemlos über die Runden. Ich verbuchte sogar unerwartete Erfolge, indem ich sie originell miteinander kombinierte. Allein der Satz »Mein Vater ist Sturmbahnführer Stettke« sorgte bei meinem Deutschlehrer für derartige Verwirrung, dass ich von da an auf jede Schularbeit ein »Gut« bekam. Im zweiten Jahr lernte ich jedoch, wie schmerzhaft die Unkenntnis der deutschen Sprache sein konnte.

Irgendwann fingen die Mädchen komisch zu kichern an, sobald ich den Satz aussprach, »Mein Gewehr hat eine Ladehemmung«. Als ich endlich den

Grund begriff, wurde ich so rot, dass es drei Tage dauerte, bis mein blasses slawisches Gesicht zu seiner alten Farbe zurückfand. Da wurde mir klar, dass ich schleunigst Deutsch lernen musste, wenn ich nicht bis an mein Lebensende Junggeselle bleiben wollte. Offenbar standen mir meine inneren Zerwürfnisse ins Gesicht geschrieben, denn eines Tages nahm sich ein Lehrer meiner an. Er unterrichtete Chemie, und seine Fähigkeiten in puncto Sprachunterricht waren begrenzt, aber er hatte eine Schwäche für Polen, die mit einem weit zurückliegenden erotischen Ereignis mit einer polnischen Putzfrau zusammenhing. Diese Sentimentalität erweckte in ihm den kühnen Plan, mir Deutsch beizubringen, und von da an brachte er mir regelmäßig Asterix-Hefte in den Chemieunterricht mit, die ich ganz offen während seiner Stunde lesen durfte. Ich verstand lange nicht, warum mir zwei Franzosen Deutsch beibringen sollten, aber dann wurde ich langsam warm mit der Lebensart der alten Gallier und begann ihre Sprechweise nachzuahmen. Mein Lehrer nahm meine Fortschritte mit einem aufmunternden Nicken zur Kenntnis, und als ich schließlich nach zwei Monaten in bestem Deutsch sagte, »Wir spinnen, aber wir sind keine Römer«, leuchtete sein Gesicht auf, als wäre ich der Sohn, den er sich immer gewünscht hatte. Wer weiß, welche Fortschritte ich unter meinem Meister gemacht hätte, wenn er nicht genauso plötzlich aus meinem Leben verschwunden wäre, wie er aufgetaucht war. Eines Tages wurde er ganz überraschend mitten im Unterricht von zwei Herren im dunklen Anzug abgeholt und in ein Auto gesteckt, auf dem die Aufschrift »Polizei« stand. Es stellte sich heraus, dass er drogensüchtig geworden war, was den melancholischen Blick erklärte, mit dem er unsere Klasse immer bedachte. Die Tatsache, dass unter seinen Fittichen niemals ein Einstein heranreifen würde, hatte an seinem Lehrerehrgeiz derart genagt, dass er in unserem Schullabor LSD zu produzieren begonnen hatte. Durch sein Verschwinden kam ich mir plötzlich vor wie ein Boot, dem man mitten im See die Ruder weggenommen hat. Mit einem Nachfolger aus dem Lehrkörper brauchte ich gar nicht erst zu rechnen, also fing ich an, mich unter meinen Mitschülern umzusehen. Meine Wahl fiel auf ein Mädchen namens Irene. Sie konnte zwar mit den pädagogischen Fähigkeiten meines Deutschlehrers nicht mithalten und besaß auch nicht seine Geduld, aber sie hatte andere Vorzüge, die ich schamlos für meine Zwecke nutzte. Von Natur aus eher schweigsam, wurde Irene redselig, wenn ich ihr während des Unterrichts die Hand aufs Knie legte. Dann sprudelten die Sätze so schnell aus ihr heraus, dass ich kaum mit dem Notieren nachkam. Es waren in der Regel Wiederholungen von »Slawischer Lustmolch«, »Was gibt dir das?« oder »Warte nach der Schule«. Mit der Zeit folgten andere, erstaunliche Aufforderungen, was ich mit meinen Extremitäten machen oder nicht machen sollte. Ich notierte sie fleißig, um abends alles auswendig zu lernen.

Die Schattenseite dieses Unterrichts war, dass Irene trotz ihrer B-Zug-Langsamkeit manchmal erstaunlich schnell war. Sobald meine Hand eine bestimmte Grenze auf ihrem Oberschenkel überschritt, jagte sie mir den Zirkel mit der Geschicklichkeit eines Samurai in die Hand.

»Gottverfluchte Schmerzen«, rief ich dann, worauf Irene zufrieden nickte, denn auch sie war an meinen sprachlichen Fortschritten interessiert. Schon allein wegen Irene waren die letzten zwei Jahre im B-Zug die besten meiner ganzen Schullaufbahn, und sie vergingen wie im Flug, was umso seltsamer war, weil dort ja ausnahmslos alles in Zeitlupe geschah.

Der letzte Schultag wird mir für immer in Erinnerung bleiben. Wir veranstalteten ein Abschlussfest im Turnsaal. Der Saal war geschmückt wie ein Weihnachtsbaum, es gab Hintergrundmusik, und die Eltern saßen da, wo normalerweise unser Platz war. Zum Schluss sangen ausgewählte Schüler ein Lied, und ich, inzwischen des Deutschen so mächtig, dass man mir wichtige Aufgaben anvertraute, war ausgesucht worden, ein Gedicht zu rezitieren, das unser Direktor verfasst hatte. Ich trat in die Mitte des Saals, nahm einen tiefen Atemzug und begann mit meinem slawischen Akzent ein deutsches Wort an das andere zu reihen, als hätte ich mein Leben lang nichts anderes getan. Ich war gerade bei der zweiten Strophe angelangt, die von unserer Zukunft als B-Zug-Schüler handelte, wobei Reime fielen wie Putzfrau, Stau, Eisenbahnschienen und Viel-Geld-Verdienen, als sich die Tür öffnete und ein seltsamer Mann hereinkam. Er sah aus wie Robinson Crusoe. Sein Blick war wirr, und er schaute sich im Saal um, als wüsste er selbst nicht, wie er hierhergeraten war. Als er mich bemerkte, entblößte er eine Reihe weißer Zähne, die ich irgendwo schon einmal gesehen hatte, und ich erkannte ihn. Es war mein alter Chemielehrer. Er musste wenige Tage zuvor entlassen worden sein und ließ es sich offenbar nicht nehmen, seine alte Schule und auch mich zu besuchen. Er ging ganz nach vorn und nahm in der ersten Reihe Platz. Ich fuhr mit meinem Gedicht fort, und von Zeile zu Zeile hellte sich sein Gesicht auf, bis er, ohne das Ende abzuwarten, zu applaudieren anfing. In der Meinung, dass das Gedicht schon zu Ende war, schloss sich das Publikum seinem Applaus ein.

Mir blieb nichts anderes übrig, als auch so zu tun. Ich verbeugte mich und lächelte meinem Publikum zu. Dann faltete ich das Blatt mit dem Gedicht zusammen und steckte es in die Tasche, zum Zeichen, dass ich hier fertig war und man mich in die große Welt der Erwachsenen entlassen konnte.

3

Die dünnste und tückischste Grenze wird immer die zwischen Gesundheit und Krankheit bleiben. Es liegt in der Natur der Krankheit, dass sie den gesunden Körper unbemerkt befällt, um sich diskret weiter auszubreiten, bis sie plötzlich an die Oberfläche tritt. Der filigrane Moment dieser Grenzüberschreitung ist noch von niemandem beobachtet worden, und daher werde ich auch nie sagen können, wann sich jene rätselhafte Krankheit in mir eingenistet hat, die als Erstes von einem gewissen Dr. Noznik entdeckt wurde. Dieser Dr. Noznik suchte damals nahezu alle Emigrantenwohnungen in Wien auf und behandelte aufgrund von Referenzen, die niemand außer ihm je gesehen hatte, Krankheiten, die insbesondere Slawen in der Emigration befielen. Damit waren Trinkerei, emigrationsbedingter Geistesschwund und gewalttätige Melancholie gemeint. Bei einem dieser Besuche fiel ihm meine Neigung auf, Gegenstände übertrieben lange zu fixieren. Nachdem er mich eingehend untersucht hatte, verkündete er meiner Mutter, dass ich an einer sogenannten »Augenstarre« leide. Laut Dr. Noznik war das eine typische Erkrankung eines Emigrantenjungen meines Alters, die auf »eine Überreizung jener Nervenenden zurückzuführen war, die zwischen meinem Magen und meinem Gehirn lagen«.

Meine Mutter zeigte sich skeptisch und wandte ein, dass ich auf sie gar nicht überreizt, sondern eher lethargisch wirken würde.

»Die Lethargie ist eine natürliche Umkehrung der nervlichen Überempfindlichkeit«, erklärte Dr. Noznik und tätschelte mir den Kopf: »Kombiniert mit übermäßiger Onanie, ergeben sich diese klassischen Symptome, wie etwa der notorische Drang, Gegenstände lange zu fixieren.«

Das Skurrile war, dass Dr. Noznik tatsächlich recht hatte. Nicht nur mit der Onanie, sondern auch damit, dass ich von einem Moment auf den anderen in eine Starre verfiel und eine Person oder einen Gegenstand noch immer fixierte, wenn andere Leute schon längst die Augen geschlossen oder sich anderem zugewandt hätten.

So treffend Dr. Nozniks Diagnose auch war, so unbrauchbar waren seine Heilungsvorschläge. Er empfahl mir täglich zwei kalte Umschläge aus weißem Topfen, der direkt aus Polen importiert werden musste. Vor dem Einschlafen sollte ich, um meinen Geist zu beruhigen, ein Gebet aufsagen, in dem die Jungfrau Maria vorkam, und dabei dreiunddreißig Liegestütze machen.

»Das wird ihn schnell wieder gesund machen und obendrein die morgendlichen Erektionen liquidieren«, riet Dr. Noznik und kassierte von meiner Mutter so viel, als hätte er mich von Krebs geheilt.

Meine Starranfälle blieben, wie sie waren, aber dafür lernte ich sie schon nach den ersten Behandlungen so gründlich zu verbergen, dass Dr. Noznik mir wenig später eine Spontanheilung bescheinigte.

Ich wusste selbst zu gut, dass meine Augenstarre kein polnischer Topfen heilen würde und auch kein Gebet, in dem die Jungfrau Maria vorkam, sondern dass die Medizin dafür ganz woanders zu suchen war. Zu einem ähnlichen Schluss kam auch meine Mutter, denn sie beschloss, mir eine Kur zu verschreiben, die zwei Fliegen mit einer Klappe erledigen würde. Nachdem ich gerade so erfolgreich den B-Zug abgeschlossen hatte, meldete sie mich in einer neuen Schule an, was mich schlagartig gesund machen und mir gleichzeitig etwas bescheren sollte, was man in unserer Familie nur vom Hörensagen kannte: Geld. Ihr Beschluss wurde noch zusätzlich durch einen Albtraum befeuert, der sie regelmäßig des Nachts plagte. In diesem Traum landete ich nach einem missglückten Leben als Bettler unter der Reichsbrücke, wo ich mich von dem ernährte, was mir die bulgarischen Schiffe ans Ufer warfen. Irgendwo hatte sie aufgeschnappt, bestimmt von einer anderen Emigrantenmutter, dass der kürzeste Weg zu Geld über die Handelsakademie am Karlsplatz führte. Diese fabelhafte Lehranstalt rühmte sich damals, die beste in der ganzen Stadt zu sein. Sie spezialisierte sich darauf, ahnungslose Schüler zu foltern, und tut das bestimmt bis heute fröhlich weiter, ohne dass es jemand von der Außenwelt merkt. Was das Geld angeht, so gab es in ganz Wien tatsächlich keinen Ort, vielleicht mit Ausnahme der Börse, wo man so oft darüber redete. Sogar der Physiklehrer hatte mehr Ahnung von Aktien als von Atomen. Jeden Morgen ging man beim Eingang an einem riesigen Foto vorbei, das einem klarmachte, was für ein Privileg es war, an dieser Schule zu sein. Das Foto zeigte einen Porsche Carrera, neben dem ein Jüngling stand, der unsere Schule mit Erfolg abgeschlossen hatte. Er trug einen Ralph-Lauren-Pullover, hatte nach hinten gekämmtes Haar wie der junge Goebbels und blickte durch eine Sonnenbrille in die untergehende Sonne. Seine linke Hand ruhte auf der Motorhaube des Porsches, und die andere bewegte sich bereits zu seinem Gesicht, um die Brille herunterzunehmen und zwei stahlblaue Augen zu entblößen, die eines künftigen Siemens-Vorstands würdig waren. Interessanterweise störte dieses Meisterwerk niemanden. Im Gegenteil. Jeder zweite männliche Schüler wollte so aussehen wie dieser junge Mann, was zur Folge hatte, dass in jeder Klasse ein Dutzend Kopien von ihm saßen.

Die Kunst, die meine Mitschüler am besten beherrschten, war das Denunzieren von Schulkameraden. Ich musste mich jede Woche im Lehrerzimmer melden, um mich für etwas zu rechtfertigen, was ich gar nicht begangen hatte. Ich lernte dabei erstklassig zu lügen, was einem künftigen Manager mit Sicherheit zugutekam. Bereits nach ein paar Wochen begann mir aber die Geschwindigkeit zuzusetzen, mit der hier alles vor sich ging, und meine B-Zug-Langsamkeit fing an, dagegen zu rebellieren. Das Resultat war, dass ich in allen Gegenständen ein »Nicht genügend« bekam, außer in Turnen und interessanterweise in Stenografie. Ich hatte für diese Geheimschrift eine unerwartete Begabung entwickelt, weil ich darin überall hinschreiben konnte, was ich von dieser Schule hielt. Meinen guten Noten in Stenografie war es zu verdanken, dass ich nicht schon im ersten Jahr rausgeworfen wurde, sondern man mich gnadenhalber nur durchfallen ließ. Ich stieg in kürzester Zeit zu einem der schlechtesten Schüler auf, den die Schule je gesehen hatte. Von außen betrachtet gab mein Verhalten wirklich was her, und an guten Tagen kam ich mir vor wie ein slawischer Obi-Wan Kenobi, der der dunklen

Seite der Macht trotzt. Ich las demonstrativ während des Rechnungswesens Asterix und versprühte des Öfteren den Inhalt des Feuerlöschers auf dem Gang, worauf die Lehrer wegen des glitschigen Bodens eine halbe Stunde länger brauchten, um die Klasse zu erreichen. Aber im Geheimen führte ich das Leben eines Verlierers, das von ständigen Magenschmerzen und anderen unliebsamen Symptomen begleitet wird, die einem das Stresshormon Noradrenalin beschert. Ich verlegte mich daher eine Zeitlang auf derart intensives Onanieren, dass Dr. Noznik einen Herzinfarkt erlitten hätte, und verfiel in diskreten, aber regelmäßigen Alkoholismus, den ich mithilfe einer Marillenlikörflasche der Firma Bailoni täglich auf der Toilette in unerreichte Höhen schraubte. Gegen Ende des zweiten Schuljahres, als sich bereits zwei Drittel meines Blutes in Wachauer Marillenlikör verwandelt hatten, war ich nicht mehr fähig, die einfachste Rechenaufgabe zu lösen. Ich trat in Mathematikstunden als Clown auf, indem ich völlig betrunken mit der Kreide auf der Wand statt auf der Tafel zu schreiben pflegte. Zu Hause litt ich an Schlaflosigkeit und hatte interessante Sehstörungen.

Das Einzige, was mich noch über Wasser hielt, war mein Talent, die Handelsakademie auf alle möglichen Arten zu schwänzen. Wer einmal geschwänzt hat, weiß, wie schwer es ist, untertags irgendwo unterzukommen, ohne scheel und als Verräter unserer Wohlstandsgesellschaft angesehen zu werden. Das erste halbe Jahr versteckte ich mich überaus erfolgreich im Kunsthistorischen Museum. Es gab keinen zweiten Ort, wo verdächtiges Benehmen so gründlich missinterpretiert wurde wie in diesem redlichen Gemäldeschuppen. Saß man zum Beispiel stundenlang in der Holländischen Abteilung, um über sein verpfuschtes Leben nachzudenken, fiel man überhaupt nicht auf. Im Gegenteil, man erntete bewundernde Blicke anderer Besucher, die dachten, einen fanatischen Bewunderer Ruben'scher Fleischberge vor sich zu haben. Das Kunsthistorische Museum war daher immer voll von Schulschwänzern, die aus der ganzen Stadt herkamen. Ich traf mal auf einen Jungen, der drei Jahre lang täglich extra hundertachtzig Kilometer aus Linz hierherkam, um seine HTL zu schwänzen. Als er die Matura ablegte, hörte sein Kunstinteresse schlagartig auf.

Der Ort, der mit dem Kunsthistorischen am ehesten mithalten konnte, war der Schönbrunner Zoo. Man musste nur aufpassen, dass man sich nicht zu lange in die Sonne setzte, und überhaupt nicht durch die frische Luft zu gesund aussah, wenn man nach Hause kam. Das andere Problem waren die Tiere, die sich aus Gründen, die die Zoologen noch nicht durchleuchtet haben, sehr gut ein menschliches Gesicht merken können. Insbesondere Paviane hatten ein ausgezeichnetes Gedächtnis und erkannten einen nach dem zweiten Besuch sofort wieder. Dann kann es passieren, dass sie einen schon von weitem mit einem solchen Freudengeheul begrüßen, dass den anderen Besuchern das Herz in die Hose fiel. Ich balancierte daher ständig an der Grenze zu einem Lokalverbot wegen psychologischer Tierquälerei, kam aber schließlich dort ganz gut über die Runden.

Gegen Ende meines zweiten Jahres in der Handelsakademie begann ich an demselben Symptom zu leiden wie der Held meiner polnischen Kindheit, Kapitän Kloss. Je größer die Gefahr wurde, desto leichtsinniger wurde ich. Ich verlegte meinen Schwänzort ganz nah an die Schule. Aus Gründen, die in meiner selbstzerstörerischen Slawenseele begründet waren, wollte ein Teil von mir erwischt werden, während der andere Teil auf einmal eine erstaunliche Schwäche für klassische Musik in sich entdeckte. Ich suchte zu diesem Zweck den Musikverein auf, der nur einen Steinwurf von meiner Schule entfernt lag. Dort pflegte ich auf den Eingangsstufen in der Pose von Rodins Denker aus Minuten Stunden zu machen und den Klängen zu lauschen, die durch angelehnte Fenster nach außen drangen. Klassische Musik war mir immer ein Gräuel gewesen, und ich war im B-Zug durch mehrmalige Zwangsbesuche der »Zauberflöte« an den Rand eines Tinnitus gebracht worden, aber plötzlich entdeckte ich, dass die Sonaten und Kantaten meinen angegriffenen Nerven guttaten. So gut sogar, dass ich darüber nachzudenken begann, ob ich nicht Blockflöte lernen sollte, um künftig mit den anderen Bettlern auf der Kärntner Straße meinen Lebensunterhalt zu verdienen.

Eines Morgens passierte etwas, was sich als ein einschneidendes Ereignis meines Lebens herausstellen sollte. Ich lauschte gerade auf den Stufen des Musikvereins der Mondscheinsonate von Beethoven (nach einem halben Jahr kannte ich jedes Stück auswendig), als ein grauhaariger, eleganter Herr auf eine Zigarettenpause herauskam. Er setzte sich nicht weit weg von mir nieder und zündete sich einen edlen Zigarillo an. Dann stieß er einen Seufzer aus und starrte in die Ferne, was in Wien gar nicht so leicht war. Als sich sein Zigarillo zur Hälfte in Rauch aufgelöst hatte, stieß er wieder einen Seufzer aus und sagte, ohne die Ferne aus den Augen zu lassen: »Was für eine Schweinerei! Diese Schwachköpfe haben Geigen, die Hunderttausende kosten. Aber das garantiert noch keine gute Melodie. Ich bin definitiv im falschen Beruf.«

Ich wusste nicht, ob er zu mir sprach oder ob das ein Selbstgespräch eines gestressten Dirigenten war. Aber ich nickte taktvoll und wartete, was als Nächstes kommen würde. Der grauhaarige Herr drehte sich darauf zu mir um und lächelte: »Und Sie? Was wollen Sie denn mal werden?«

»Archäologe«, sagte ich, wie aus der Pistole geschossen. Ich hatte kurz zuvor einen Teil von »Indiana Jones« gesehen und war tatsächlich auf dem Weg vom Kino bis zur Straßenbahnhaltestelle von dem Gedanken besessen gewesen, mein Leben wie Harrison Ford zu verbringen.

»Dann sind Sie in Wien richtig. Jede Wohnung ist hier eine Gruft«, nickte der grauhaarige Herr und tätschelte mir zum Abschied die Schulter. »Nur warten Sie nicht zu lange damit. Davon kriegt man Lungenkrebs.«

Ich sah ihn drei Wochen später im Fernsehen wieder, in einer Sendung namens »Klassik für Fortgeschrittene«. Er saß zwischen drei alten Vogelspinnen mit riesigen Perlenketten, die ihn mit »Maestro« anredeten und ihm Rosen streuten, während er mit dem Schlaf kämpfte. Plötzlich fing eine der Vogelspinnen an, eine Anekdote zu erzählen, und zwar, wie sie den

Maestro kennengelernt hatte. Nämlich auf ihrem Schloss auf dem Land, bei einem Konzert, das der Maestro geben sollte. Kurz vor dem Konzert stellte sich heraus, dass der Maestro unauffindbar war. Die Rettung brachte in letzter Minute ein Bauer, der in seinen Gummistiefeln in den Konzertsaal hereinmarschierte und verkündete: »Auf meiner Wiese steht ein Ausländer, gibt meinen Kühen Whiskey und beschwert sich, dass sein Orchester verlorengegangen ist.«

Mehr brauchte ich nicht zu hören. Es war höchste Zeit, die Dinge in die Hand zu nehmen. Auch wenn ich dadurch mit einer Blockflöte auf der Kärntner Straße landen würde. Das war immer noch besser, als sich zu verstecken und die Existenz eines Feiglings zu führen.

4

Eine Woche später fand ein Gespräch mit meiner Mutter statt, das in die Geschichte unserer Familie eingegangen ist und nach dem nichts mehr wie vorher war. Wir saßen gerade beim Mittagessen, als ich begriff, dass ich jetzt zu einem großen Geständnis ausholen musste, sonst würde ich nie wieder den Mut dafür aufbringen. Ich legte das Besteck weg und sagte: »Mutter, ich möchte dir etwas mitteilen. Es geht um die Schule. Und nicht nur …«

»Ich bin ganz Ohr«, sagte meine Mutter.

»Ich habe den Entschluss gefasst, mein Leben zu ändern. Ich hatte nämlich eine Vision.«

»Eine Vision? In deinem Alter? Ich bin beeindruckt. Wie sah sie denn aus?«

»Ich sah mich viele Jahre schwer arbeiten. Als Manager. Schließlich kaufte ich mir einen Porsche Carrera und die komplette Kollektion von Ralph Lauren. Und dann bemerkte ich, dass ich eine Glatze hatte und obendrein einen Magentumor. Ich will nicht, dass mein Leben so endet.«

»Ich verstehe, worauf du hinauswillst. Doch möchte ich dich daran erinnern, dass arme Schlucker auch Magentumore und Glatzen bekommen.«

»Das ist absolut richtig, aber erinnerst du dich, wie du mir, als ich klein war, einmal die Geschichte über Herakles vorgelesen hast, der zu einer Wegkreuzung kam? Rechts war der leichte Weg, mit Geld und Erfolg gepflastert, links der schwere, an dessen Ende jedoch die Unsterblichkeit winkt. Nun ist der Punkt gekommen, an dem ich den richtigen Weg nehmen muss.«

»Das ist lobenswert, aber leider ist das Leben keine griechische Sage. Du wirst am Ende nicht im Olymp landen, sondern unter der Reichsbrücke. Aber dennoch; ich unterstütze deinen Entschluss. Mehr noch, ich werde dir mit allen Kräften dabei helfen, den Weg zu beschreiten, den du nehmen möchtest.«

So das Gespräch in meiner Erinnerung. In Wirklichkeit hat es sich so abgespielt:

»Mama, wenn ich diese Schule weitermache, bringe ich alle mit dem Feuerlöscher um und am Ende mich selbst.«

»Ich will kein Wort hören. Gib mir die Butter rüber.«

»Es ist mein Ernst. Ich will diese Schule nicht mehr. Ich will arbeiten und sehen, wie das Leben so ist.«

»Dann zieh aus.«

»Wann?«

»Am besten gleich.«

Einen Monat später zog ich in eine Wohnung ein, die eines griechischen Helden würdig war. Sie war das, was man im letzten Jahrhundert als »Bruchbude« bezeichnet hat und was heute unter dem Namen »Substandardwohnung« weiterlebt. Sonderbarerweise lag sie nicht in Favoriten, wo sie hingehört hätte, sondern in Grinzing, einem Stadtteil, der von Leuten bewohnt wird, die so reich sind, dass man sie niemals zu Gesicht bekommt. Ihre Limousinen haben verdunkelte Scheiben, und wenn sie Milch brauchen, dann schicken sie ihre polnische Putzfrau oder den kroatischen Gärtner zum Einkaufen. Die Straßen von Grinzing sind daher immer voller Dienstboten, die gerade irgendwas besorgen. Die Touristen, die nach Grinzing kommen, um bei einem Heurigen die »würzige Kraft« des Veltliners auf ihre Leber auszuprobieren, wundern sich immer wieder, wie angenehm Sklaven in Wien untergebracht sind. Mein Domizil befand sich auch in einer Villa, aber meine Wohnung lag im Keller und war so winzig, dass ich im Bett liegend bloß die Hand auszustrecken brauchte, um die Zahnbürste zu greifen. Wasser gab es nur kalt, und das Klo war ein überaus fließendes Konzept. Es sah aus, als hätte jemand eine Latrine mit einer in den Fußboden eingelassenen Öffnung gekreuzt, von der niemand wusste, wohin sie führte. Der Fernseher empfing ausschließlich Radioprogramme, sofern der Strom überhaupt die Güte hatte, sich bis nach unten zu mir zu bemühen. Für Unterhaltung sorgte ein einzigartiges Naturschauspiel. An der Wand gab es einen Schimmelpilz, der mit der Geschwindigkeit von einem Zentimeter pro Tag wanderte. Wenn ich mich konzentrierte, konnte ich mit freiem Auge sehen, wie er sich Richtung Fenster bewegte. Meinen vorsichtigen Berechnungen nach sollte er zwei Wochen nach meinem Einzug das Fenster erreichen, und dann kam die große Frage, ob er so intelligent war, das Fenster zu umschiffen, oder gleich die Abkürzung über die Scheibe zu machen.

Trotz dieser Widrigkeiten, die einen Neuankömmling in der Welt der Selbständigkeit erwarten, war ich keineswegs verzweifelt. Im Gegenteil. Meine Wohnung gehörte zwar in das Museum »Wien um das 16. Jahrhundert«, aber sie gehörte mir. Ich musste den Bauch einziehen, wenn ich nach Hause kam, aber immerhin stand ich hier zum ersten Mal auf eigenen Beinen. Meine erste Handlung, um meine Selbständigkeit zu untermauern, bestand darin, jene Orte aufzusuchen, die ich in meiner Zeit auf der Handelsakademie als Schulschwänzer »kontaminiert« hatte.

Als Erstes knöpfte ich mir das Kunsthistorische Museum vor. Ich setzte mich auf meine alte Bank, und stellte fest, wie recht Clint Eastwood hatte, als er in

»Brücken am Fluss« zu Meryl Streep sagte: *Ein Mann, der sein Leben in die Hand nimmt, sieht alles mit anderen Augen.* Die Kunst, die Bilder, die Skulpturen und sogar die Museumswärter – alles sah tatsächlich auf einmal ganz anders aus. Bei genauerer Betrachtung konnte ich sogar den Bildern von Rubens etwas abgewinnen, auch wenn ich immer noch fand, dass diese Rubensfrauen ihre Essgewohnheiten etwas überdenken sollten.

Im Zoo wurde ich zwar von den Pavianen sofort wiedererkannt, aber auch sie schienen zu merken, dass hier ein neuer Mensch vor ihnen stand. Sie schauten irgendwie feierlicher drein, und ich bin mir sicher, wenn sie nur des Polnischen oder des Deutschen mächtig gewesen wären, hätten sie mir zu meinem neuen Weg gratuliert. Die Handelsakademie hob ich mir für den Schluss auf. Ich wagte mich nicht hinein, dafür war meine neue Freiheit noch zu zerbrechlich; ich sah sie mir lediglich eine ganze Weile von draußen an. Ich stand davor und wackelte leicht mit dem Kopf, wie es alte Kriegsveteranen tun, die auf ein Schlachtfeld kommen, wo sie einmal angeschossen wurden. Ich weiß nicht, wie lange ich dort stand, aber als ich wegging, war es schon dunkel.

Am Abend, als ich wieder in meiner Wohnung war, machte ich etwas Seltsames. Ich holte einen alten Kriminalroman hervor, den mir mein Großvater noch in Polen geschenkt hatte, und schlug das Kapitel auf über den Mann, der Luft zum Frühstück aß.

Dieser Mann wurde von hinterhältigen Gangstern, die keine Nase hatten, gefangen genommen und bekam nichts zu essen. Die Verbrecher waren sich sicher, dass er schon nach einer Woche gefügig werden würde, aber der Mann blieb standhaft. Sie wussten nämlich nicht, dass er in der Gefangenschaft eine geheime Fähigkeit entwickelt hatte. Er hatte gelernt, die Luft, die er aß, in Stärke umzuwandeln. Und am Ende war er so kräftig, dass er mit bloßen Händen die Tür aufbrach und aus seinem Gefängnis floh. Als er draußen war, lachte er aus voller Kehle, um den Gangstern zu zeigen, dass er ihnen ein für alle Mal entkommen war. Ich las das Kapitel drei Mal, um mir jedes Wort einzuprägen, und sah mich in meiner winzigen Wohnung um. Dann tat ich etwas, was mir aber absolut notwendig erschien: Ich zog die Luft ein, aber nicht, um zu atmen, sondern als schwebte um mich herum der Duft einer neuartigen Speise, von der ich mich in Zukunft ernähren wollte.

5

Sollte ich mal alt werden, kaufe ich mir einen bequemen Ohrensessel und eine weiß gefleckte Dogge. Dann werde ich mich in den Ohrensessel setzen und mit der linken Hand den Kopf der Dogge tätscheln, während ich mit der rechten eine Liste jener Jobs erstelle, die ich in den ersten Monaten meines neuen Lebens gemacht hatte. Die wird wirklich etwas hergeben. Schon allein deshalb, weil die Hälfte davon gar nicht mehr existiert.

Bereits mein erster Job gehört längst der Vergangenheit an. Er bestand darin, morgens Kakaopackungen auszuliefern, denn aus einem unerfindlichen Grund tranken in Wien damals so viele Leute Kakao wie heute Antidepressiva nehmen. Ich stand um fünf Uhr in der Früh auf und lief mit Kakaokartons, die ich vor bestimmten Türen abstellen musste, von Wohnung zu Wohnung. Manchmal zweigte ich eine Kakaopackung ab und trank sie aus. Ich habe später selten etwas getrunken, was mir besser geschmeckt hat als dieser Kakao um fünf Uhr in der Früh; besonders, wenn es draußen gerade hell wurde und die ersten Busse auf der Straße auftauchten und vor leeren Haltestellen stehen blieben.

Mein nächster Job ist ebenfalls schon Geschichte. Ich kam danach in einer Fabrik unter, die eine sogenannte »Streichelgabel« herstellte. Diese Gabel imitierte die menschliche Hand und hatte statt der Finger feine Metallantennen. Wenn einem damit jemand über den Rücken strich, bekam man eine Gänsehaut, die man nicht so schnell wieder vergaß. Die Streichelgabeln fanden reißenden Absatz, weil damals die Anzahl der Leute, die am Rücken gestreichelt werden wollten, erstaunlich hoch war.

In den vier Monaten, in denen ich in dieser Firma arbeitete, habe ich 443 Streichelgabeln zusammengesetzt und ihre Zauberwirkung kennengelernt, indem ich mich regelmäßig als Versuchskaninchen zur Verfügung stellte. Schon nach zwei Streicheleinheiten überkam einen eine angenehme Müdigkeit, die sogar den Widerstandsfähigsten zum Gähnen brachte. Als die Streichelgabelfirma bankrottging, nahm die Gewalt innerhalb der Familie laut Zeitungsberichten um achtzehn Prozent zu. Die Intellektuellen diskutierten vergeblich über die Ursache. Niemand kam es in den Sinn, dass es am Verschwinden der Streichelgabel lag.

Dann kam eine Reihe von Kurzauftritten als Zettelverteiler auf der Mariahilfer Straße, als Calafati im Prater und als Sauna-Aufgießer. Beim Sauna-Aufgießen erfuhr ich Dinge über meinen Körper, die besser im Dunkeln geblieben wären. Ich wäre bereit, diese Erkenntnisse gegen ein kleines Entgelt mit der medizinischen Forschung zu teilen. Es sei nur so viel verraten: Wenn man täglich ein paar Stunden bei neunzig Grad Celsius reichen Leuten über hundert Kilo mit dem Handtuch zufächelt, wachsen einem die Haare und Fingernägel so schnell, dass man kaum mit dem Kürzen nachkommt. Ich musste mir alle zwei Wochen die Haare selber schneiden, weil ich sonst mein ganzes Gehalt für den Friseur ausgegeben hätte.

Der Job, in dem ich endlich für länger unterkam, war der eines Würstchenverkäufers. Er wirkte auf den ersten Blick nicht sonderlich attraktiv. Ich verbrachte täglich zehn Stunden in einer Kammer, die noch kleiner als meine Wohnung war, um Leuten Würstchen aller Art zu verkaufen und dabei zuzusehen, wie sie diese dann mit einem gleichgültigen Gesichtsausdruck verspeisten. Aber endlich bekam ich Kontakt zu Menschen, die nicht nur an Geld interessiert waren und, was noch entspannender war, die Pubertät schon einige Zeit hinter sich hatten.

Die Kundschaft bestand vor allem aus Beamten und Zuhältern. Die Beamten waren schweigsam und wirkten ständig verunsichert. Sie studierten die Preistafel, als hofften sie, dass die Preise unter ihrem Blick auf die Hälfte zusammenschmelzen würden. Am Ende bestellten sie immer eine Käsekrainer. Bevor sie aßen, warfen sie sich noch eine Magenschmerztablette ein, die sie in einer kleinen Dose mittrugen. Sie kauten schweigend und sahen dabei weder nach links noch nach rechts. Sie erinnerten an Kinder, die man als Erwachsene verkleidet und in die große Welt geschickt hatte, wo sie von nun an herumtapsten und möglichst wenig Porzellan zu zerschlagen versuchten.

Die Zuhälter benahmen sich, als würde ihnen nicht nur die Straße, sondern die ganze Stadt und sogar der letzte Stein auf dem Strand in Hawaii gehören. Sie gebrauchten das Wort »Hawaii« in jedem zweiten Satz. Keiner von ihnen war jemals dort gewesen, aber sie hatten alle vor, mal irgendwann hinzufahren und so ihren Zuhälterlebensabend zu beschließen. Die Zuhälter nannten mich »der Junge mit dem Gesicht vom alten Mann« und redeten ständig von einer »Stelle, die gerade frei geworden war« und die ich jederzeit haben könnte. Sie erklärten nie, worum es bei dieser Stelle ging, aber als ich ein Jahr später den Würstelstand verließ, war sie immer noch frei.

Ganz selten kam auch ein »Mädchen« vorbei. Die Mädchen redeten nichts. Sie aßen schnell und ließen Geld auf dem Teller liegen, was sonst niemand tat.

Am Abend, wenn kein Kunde da war, schaute ich

zum Spaß fern. Der Fernseher war so klein wie ein Toaster, und man musste schon mit der Lupe herangehen, um überhaupt jemanden zu erkennen. Als Gorbatschow der Welt verkündete, dass endlich die Perestroika da war und wir nicht mehr fürchten mussten, von einer russischen Atombombe getroffen zu werden, hielt ich mir den Fernseher an die Nase, um dieses epochale Ereignis nicht zu verpassen. Am liebsten schaute ich aber Schwarzweißfilme mit Gregory Peck oder Cary Grant. Wenn ich noch einmal auf die Welt kommen sollte, wäre ich gerne einer von diesen beiden Jungs gewesen. Vermutlich waren sie genau solche Taugenichtse, wie die Filmstars es heute sind, aber niemand von denen hat so ein gewinnendes Lächeln wie Gregory Peck oder ist so cool wie Cary Grant in dem Film, in dem er versucht, Doris Day zu verführen.

Die schönste Zeit kam vor der Sperrstunde, gegen zwei Uhr in der Nacht, wenn die Straßen ausgestorben waren. Die meisten Fenster waren dunkel, und bei den wenigen, hinter denen Licht brannte, konnte man davon ausgehen, dass jemand bei eingeschalteter Lampe eingeschlafen war und sich am nächsten Tag darüber ärgern würde. Ich machte mir ein Bier auf, zählte das Geld nach und zog die Rollos herunter. Dann stand ich eine Weile vor dem Würstelstand wie ein Schiffskapitän, der Land betreten hat, und sah mich um, als würde mich weiß Gott was erwarten. Aber mich erwartete nur die Heimfahrt. Also stieg ich auf mein Fahrrad und radelte los. Ich machte immer einen Umweg, obwohl ich es ohnehin weit nach Hause hatte. Diese Nachtfahrten machten jedes Mal etwas mit mir, wovon ich nicht genug bekommen konnte. Ich glitt mutterseelenallein durch eine schlafende Zwei-Millionen-Stadt und kam nicht aus dem Staunen heraus, wie schnell ich dafür belohnt worden war, dass ich das gewagt hatte, was man »ein eigenes Leben« nennt. Noch vor kurzem war ich in der Handelsakademie eingesperrt gewesen, und nun fuhr ich schon in meine Wohnung, wo ich mich gleich in mein Bett schlafen legen würde. Manchmal nickte ich in Erwartung meines Bettes bereits für eine Sekunde beim Radfahren ein, um dann im letzten Moment aufzuwachen. Ich kam immer heil nach Hause, denn aus irgendwelchen ätherischen Zwischenwelten war ein Schutzengel an die Oberfläche getaucht und kümmerte sich um meine Fahrtechnik. Bestimmt hätte ich auch mit geschlossenen Augen nach Hause fahren können, ohne dass etwas passiert wäre. Getan habe ich es aber nie, aus einem einzigen Grund: Es wäre pure Verschwendung gewesen, jetzt, wo alles so gutging. Denn eins hatte ich inzwischen gelernt: Gerade dann, wenn man die Augen zumacht, passieren die interessantesten Dinge. Und die wollte ich um nichts auf der Welt verpassen.

6

Einmal in der Woche kam ein etwa vierzigjähriger Mann zum Würstelstand, der jedes Mal eine Käsekrainer bestellte, die er dann mit einem seltsamen Lächeln aufaß. Meine Menschenkenntnis hatte in der Zwischenzeit derart große Fortschritte gemacht, dass ich bereits mühelos einen Beamten des Finanzministeriums von einem Beamten des Innenministeriums unterscheiden konnte, und das sollte schon was heißen.

Aber aus diesem Mann wurde ich nicht schlau. Er wirkte sympathisch, bloß war er für meinen Geschmack einen Tick zu schweigsam. Es dauerte eine Weile, bis wir das erste Mal ins Gespräch kamen, das vorwiegend darin bestand, ihm die letzten wichtigen Ereignisse meines Lebens zusammenzufassen. Seit ich mein eigenes Geld verdiente, war ich erstaunlich mitteilsam in Bezug auf meine Biografie geworden und erzählte jedem, der mir interessant vorkam, meinen halben Lebenslauf. Der Mann hörte meinen Berichten mit einem Lächeln zu, das immer breiter wurde, bis er endlich den Mund öffnete.

»Ich kenne Sie schon eine Weile, aber eins lässt mich nicht in Ruhe«, sagte er, während er seine Käsekrainer vertilgte, »Sie sind für einen Verkäufer von Wurstwaren ziemlich dünn. Die sind normalerweise doppelt so dick. Lässt sich das irgendwie plausibel erklären?«

»Anscheinend ist Ihnen ein Geheimnis der Wurstindustrie entgangen«, antwortete ich, »wenn man hier arbeitet, wird man zum Vegetarier. Was gut, aber auch nicht gut ist. Schließlich komme ich aus einem Land, in dem Vegetarier genauso verfolgt werden wie die ersten Christen.«

Der Mann tat das mit einem Lächeln ab und machte eine bedeutungsschwangere Pause, als hätte er mich dahin gebracht, wo er mich haben wollte: »Wenn Sie wollen, kann ich Ihnen helfen, wieder Fleisch zu mögen. Ich suche nämlich ständig Leute, die gerne in Bewegung sind.«

»Wieso, sind Sie so eine Art Sporttrainer, dem gerade die Mittelstreckenläufer ausgegangen sind?«

»Besser. Ich habe eine Firma, die in Gemeindebauten Heizungen abliest. Das müssen Leute erledigen, die dünn genug sind, um an jede Heizung ranzukommen. Und jetzt bräuchte ich wieder einen guten Mann. Könnten Sie sich für so etwas erwärmen?«

Ich fixierte den Grill, auf dem sich zwei Käsekrainer um sich selbst drehten und bereits Verbrennungen dritten Grades aufwiesen.

»Ich weiß nicht. Ich mag meinen Job. Man wird zwar langsam klaustrophob hier, aber der Kontakt mit Leuten ist Gold wert.«

»Als Heizungsableser werden Sie so viel Kontakt mit Menschen haben, dass Ihnen der Würstelstand wie eine Eremitenhöhle vorkommt. Probieren Sie es aus. Wenn es Ihnen nicht zusagt, können Sie jederzeit zurückkommen.«

Und so kam ich endlich zu meinem Traumjob. Ich wurde Heizungsableser der Stadt Wien. Die Arbeit bestand darin, mit einem Instrumentenkästchen durch die Gemeindewohnungen zu laufen und den Energieverbrauch, der über den Winter angefallen war, abzulesen. In jeder Wohnung musste man eine Plombe austauschen und sich das Ergebnis unterschreiben lassen. Die ersten Wochen lassen sich in einem Satz zusammenfassen: Ich kam nicht aus dem Staunen heraus. Ich war bis jetzt davon ausgegangen, dass die Menschheit sich in zwei Sorten teilen würde: in Reiche und Arme oder meinetwegen in die Dummen und die Klugen. Aber das war falsch. Sie teilte sich in »Menschen auf der Straße« und »Menschen in den eigenen vier Wänden«. Dieselben Leute, die mich in der Schnellbahn mit einem Rempler aus meinem Sitz katapultierten, um mir anschließend klarzumachen, dass ein Schnellbahnfenster zwar sehr klein war, aber immer noch groß genug, einen Mann meiner Statur nach außen zu befördern, waren wie ausgewechselt, sobald ich ihre Wohnung betrat. Man grinste mir jovial zu, bot mir Bier und Wein an, und manchmal wartete ein richtiges Mittagessen auf mich, weil ich »durch das Treppensteigen so dünn geworden war«. Hätte ich darum gebeten, dass man mir die Füße massierte, wäre das vermutlich auch durchgegangen. Nicht einmal meine slawische Abstammung spielte mehr eine Rolle, und das sollte schon was heißen. Seit meiner Entführung hatten große gesellschaftliche Umwälzungen stattgefunden. Polnische Diebe hatten sich intensiv mit dem Begriff »Privateigentum« auseinandergesetzt, und sobald man zugab, dass man aus dem heiteren Land an der Weichsel kam, fingen die Kinder an zu weinen, und die Erwachsenen liefen zum Fenster, um nachzuschauen, ob ihr Auto nicht schon in Warschau stand.

Sogar der amerikanische Supermagier David Copperfield sagte einen Polen-Auftritt ab, in der Befürchtung, man würde ihn dort so gründlich zum Verschwinden bringen, dass nicht einmal er selbst sich wiederfinden würde.

Das Rätsel klärte sich auf, als ich eines Tages bei einem adretten Pensionisten-Paar vorbeischneite und

Zeuge einer seltsamen Szene wurde. Bei der zweiten Heizung fing der sympathische Pensionist an, mir merkwürdig zuzuzwinkern, und plötzlich flatterte von oben ein Hunderterschein herunter, genau in mein Instrumentenkästchen. Als ich ihn fragend ansah, flatterte umgehend ein zweiter hinterher. Es stellte sich heraus, dass die Wiener Heizwerke seit Jahren horrende Preise verlangten, worauf die Bevölkerung anfing, die Heizungsableser als eine Art von Robin Hoods zu betrachten, die das Unrecht wiedergutmachen mussten. Besonders geschätzt wurden Robin Hoods aus Ostblockländern, weil sie von Natur aus kriminell waren und man ihnen daher blind vertrauen konnte. Am Ende des ersten Monats zählte ich gar nicht mehr, wie oft ich gebeten worden war, dem Zähler »in den Arsch zu treten« oder »eine Hand mit der anderen zu waschen«. An so manchem Abend gondelte ich wie ein Bauernweib nach Hause, beladen mit Käse, Wurst und Schnapsflaschen, denn die Bestechung mit Naturalien stand gegen Ende des 20. Jahrhunderts in den Gemeindebauten genauso hoch im Kurs wie im Mittelalter.

Als Nächstes entdeckte ich, wie wichtig dem Homo sapiens immer noch die Gesellschaft von vier- oder mehrbeinigen Gefährten war. In jeder zweiten Wohnung gab es ein Haustier, und darunter waren exotische Exemplare, für die der Schönbrunner Zoo ein Vermögen gezahlt hätte.

Allein in Oberlaa lebten so viele Leguane, Kakadus und Trichternetzspinnen, dass die Leute von Greenpeace aufhören konnten, sich Sorgen zu machen. Sollte mal Siemens oder ein anderer Konzern den Bestand des Amazonasgebiets ausrotten, bräuchte man nur zwei Gemeindebaustiegen aus Oberlaa dorthin umzusiedeln, um das Gleichgewicht wiederherzustellen. Aus meinem Mund kamen laufend Komplimente wie »Ihre Vogelspinne hat einen Blick wie ein Dackel« oder »Ihr Papagei spricht besser Deutsch als meine Mutter«. Die Tiere wurden von ihren Besitzern liebevoll umsorgt und verhätschelt, und so manche Trichternetzspinne wurde mit mehr Delikatessen und Geschenken bedacht, als es ein Enkel jemals erlebt hatte.

Nach spätestens drei Monaten gab es nichts mehr, was mich überraschte, und ich hatte mir ganz nebenbei ein Wissen über meine Mitmenschen angeeignet, von dem alle Soziologieprofessoren und Philosophen dieser Erde nur träumen konnten. Ich stellte unter anderem fest, dass die Welt immer noch so funktionierte wie vor fünftausend Jahren. Oben waren die Pharaonen, die inzwischen Markenkleidung und Krawatte trugen, und unten die Sklaven, versehen mit einem winzigen Überlebenssold, auch Mindestgehalt und

Urlaubsgeld genannt. Ansonsten war alles beim Alten. Die Sklaven schufteten tagsüber in einer Fabrik, um frühestens um achtzehn Uhr nach Hause zu kommen. Am Abend versammelten sie sich vor dem Fernseher, wo sie sich Reality Shows auf RTL II anschauten.

Ihre Schränke und Tische bezogen sie von Möbelix, was sie für den Gipfel der Ästhetik hielten, und sie rügten ihre Nachkommen aufs heftigste, wenn diese ein Bier auf die neue Tischplatte Marke »Molly« verschüttet hatten. In ihrem Schlafzimmer hing ein Gemälde, auf dem eine nackte Frau und ein Mann auf einem überdimensionalen Schwan einer untergehenden Sonne entgegenflogen. Unter diesem Gemälde kopulierten sie wie die Karnickel. Meinen vorsichtigen Schätzungen zufolge war die halbe Wiener Arbeiterschaft unter diesem Meisterwerk gezeugt worden. Am Wochenende fuhren sie in die Lobau, wo sie auf die Population anderer Gemeindebauten trafen, die dort ebenfalls tonnenweise Fleisch grillte und Bier trank.

So ruderten sie Tag für Tag ihrer Pension entgegen, über die sie mit einem Leuchten in den Augen sprachen, als wäre es Ibiza.

Nach Feierabend setzte ich mich immer in den Hof, betrachtete die Gemeindebauten von außen, nippte an einem Bier und dachte über diese Leute nach. Ich würde keinen Moment so leben wollen wie sie, aber zum ersten Mal hatte niemand etwas an meinem Lebenswandel auszusetzen, und niemanden interessierte es, was ich mit meiner Zukunft vorhatte oder welche Fehler ich gemacht hatte. Im Gegenteil, ich wurde auf ein Bier oder ein Mittagessen eingeladen, und man tätschelte mir ohne Grund die Schulter. Und ganz nebenbei fing ich an, meine eigene Vergangenheit als etwas anzusehen, was ich langsam aus eigener Kraft hinter mir ließ. Nur an eine Episode dachte ich immer wieder gern zurück. An den älteren, netten Herren, der mir seinerzeit geraten hatte, Archäologe zu werden. Auf eine verquere und mysteriöse Art war ich es tatsächlich geworden.

7

Und als ich dachte, es könnte nicht mehr besser werden, machte mir mein Archäologenjob ein Geschenk, das ich unmöglich ausschlagen konnte. Ich las gerade die Heizungen in der Wohnung eines Ehepaars ab, das während meiner Ableserei die ganze Zeit miteinander stritt. Das war nichts Ungewöhnliches. Die Leute behandelten mich oft wie Luft und erlaubten sich noch weit größere Taktlosigkeiten, als sich in meiner Gegenwart gegenseitig Dinge zu sagen, die besser im Dunkeln geblieben wären. Ich war bei Heizung Nummer vier, als der Streit plötzlich aufhörte und das Ehepaar mich anschaute, wie man jemanden anschaut, der einen auf eine revolutionäre Idee bringt.

»Dürfen wir eine Minute Ihrer Zeit in Anspruch nehmen?«, sprach mich der Mann an, »es sei denn, Sie haben es sehr eilig?«

»Eigentlich bin ich schon spät dran. Worum geht es?«, fragte ich vorsichtig zurück. Man durfte nie bei einem Kunden den Eindruck erwecken, dass man Zeit hatte. Das letzte Mal, als ich diesen Fehler gemacht hatte, musste ich mir deswegen ein ganzes Fußballmatch anschauen.

»Ihre Anwesenheit hat uns auf eine interessante

Idee gebracht, die auch für Sie von Nutzen sein könnte«, fuhr der Mann fort.

»Eigentlich ist es ein Vorschlag«, ergänzte seine Frau.

»Ein Vorschlag?«, staunte ich. »Welcher Art?«

»Wir haben Ihnen bei der Arbeit zugesehen und den Eindruck gewonnen, dass Sie ein fleißiger und anständiger junger Mann sind. Ganz bestimmt haben Sie auch ein geregeltes Einkommen?«

»Ich bin Heizungsableser. Das ist durchaus geregelt«, bestätigte ich.

»Und Sie haben auch Familie?«

»Meine Mutter lebt hier«, erwiderte ich, froh, diese Fangfrage so elegant umschifft zu haben.

Die beiden sahen einander an, als hätten sie das große Los gezogen.

»Wir sind dabei, uns scheiden zu lassen. Hätten Sie Lust, sich um unsere Wohnung zu kümmern? Sie wird in den nächsten drei Jahren leer stehen. Die Miete ist erschwinglich, und wie man mit Heizungen umgeht, wissen Sie besser als wir.«

Ich sah die beiden verblüfft an. Sie wollten tatsächlich einem Wildfremden ihre Wohnung anbieten, nur weil er eine Heizungsableser-Uniform trug?

»Wir wissen, wie sonderbar das jetzt klingt«, sagte die Frau, die meine Gedanken zu lesen schien, »aber wir hatten einfach einen spontanen Einfall, als wir Sie bei der Arbeit sahen. Es kommen seit Jahren regelmäßig Ableser zu uns, und wir haben immer gute Erfahrungen mit ihnen gemacht. Wenn Sie das für Unsinn halten, sagen Sie es einfach. Wir haben genug Familienmitglieder, die wir fragen können, aber wir wollten zuerst jemanden fragen, der nicht mit uns verwandt ist.«

Das verstand ich gut. Verwandte standen interessanterweise nirgends auf der Welt besonders hoch im Kurs. Ich überflog im Kopf noch mal die Wohnung, die ich gerade beim Ablesen begutachtet hatte. Meine Berechnung ergab das schockierende Ergebnis, dass sie vier Mal so groß war wie meine. Es gab keine Spur eines Schimmelpilzes, und was die Heizkosten anging, so wusste niemand sie besser zu senken als ich.

»Drei Jahre?«, überlegte ich, als hätte man mir ein faules Geschäft angeboten. »Ich weiß nicht. Und dann?«

»Das ist der Punkt. Wir wissen es noch nicht. Vielleicht zieht einer von uns hier ein, vielleicht verkaufen wir sie, aber das Wahrscheinlichste ist, dass Sie hier weiter wohnen können.«

Ich begutachtete die Decke, um mir nicht anmerken zu lassen, dass ich kurz vor einem Schlaganfall stand, von der Art, die man bekommt, wenn man auf seinem

Lottoschein sechs richtige Zahlen hat, und sagte in meckerndem Tonfall: »Abgesehen davon, dass Ihr Angebot wirklich sehr spontan ist oder, wie drückten Sie es aus, sonderbar, so ist das ein ziemliches Risiko für mich. Drei Jahre sind schnell vorbei. Es sei denn, wir würden noch mal über den Mietpreis reden. Er ist sicher um einiges höher als in meiner bisherigen Wohnung.«

Sie nannten mir den Mietpreis, und der war keineswegs höher als mein bisheriger. Im Gegenteil.

»Ich weiß nicht. Das ist eine Menge Geld«, meckerte ich weiter.

»Da sind wir flexibel, nicht wahr, Schatz?« Sie sahen einander in die Augen, als hätten sie sich gerade erst kennengelernt.

»Sehr flexibel sogar«, bestätigte der Mann. Dann schauten sie mich an, als hielte ich ihr Leben in der Hand, und mir fiel ein, dass vieles, was ich über Leute in Scheidung gehört hatte, stimmte. Sie waren unzurechnungsfähig.

»Ich kann nichts versprechen, aber ich denke nach und gebe Ihnen morgen Bescheid. Reicht das?«

»Absolut. Das reicht völlig«, riefen sie im Chor. »Und wegen dem Mietpreis machen Sie sich keine Sorgen. Da lässt sich sicher was machen.«

»Das wäre schon mal ein Anfang«, sagte ich und

staunte über meine eigene Unverschämtheit. Jeder hätte diese Wohnung um den doppelten Preis genommen und die beiden als die größten Philanthropen der Stadt Wien gepriesen. Wir tauschten Telefonnummern aus, und ich versprach, mich am nächsten Tag zu melden. Der Rest war nur eine Formalität.

Zwei Wochen später war ich stolzer Mieter einer Zweizimmerwohnung mit Küche, die mir wie ein Palast vorkam. Ein Palast, der noch dazu mit Heizungen bestückt war, mit deren Plomben ich auf vertrautem Fuß stand.

Zwei Monate später meldete sich das Ehepaar und informierte mich darüber, dass es die Scheidung hinter sich hatte und ich den Mietvertrag auf fünf Jahre verlängern konnte. Ich sprach mein Bedauern darüber aus, aber nachdem ich aufgelegt hatte, rief ich: »Wenn es nach mir geht, kann sich die ganze Welt scheiden lassen!«

Dann ging ich in meine neue Küche, die schon allein so groß war wie meine alte Schimmelwohnung, und schaute aus dem Fenster in den Hof, in dem ich noch vor kurzem meine Mittagspause gemacht hatte. Es war erstaunlich und fast schon erschreckend, aber es ging mit mir so schnell aufwärts wie mit diesen Raketen, die die Russen seinerzeit ständig ins Weltall schossen. Es war zwar keine einzige jemals zurückgekommen, aber das spielte keine Rolle, denn ich lebte auf der Erde, und hier war alles möglich. Nun hatte ich alles, was man brauchte. Einen Job und eine Wohnung. Ich konnte mich jetzt auf mein nächstes Ziel konzentrieren: in die Welt der Frauen einzutauchen.

8

Es sollte einmal erforscht werden, ob es ein Naturgesetz ist oder bloß ein mysteriöser Zufall, der sich ständig wiederholt, aber sobald man einen Job und eine Wohnung hat, stellt sich in kürzester Zeit Frauenbesuch ein. Frauen haben einen sechsten Sinn für Junggesellen, die eigene vier Wände besitzen, die sie nicht mit ihrer Mutter oder einem Schimmelpilz teilen. Dass ich bis jetzt keine Frauenbesuche hatte, lag aber auch an der Vorsicht, die alle Individuen entwickeln, wenn sie sich keine großen Sprünge erlauben können. Ich mochte zwar eine Rakete sein, mit der es steil aufwärtsging, aber nichts ist so anfällig gegen unerwartete Schäden wie eine Rakete nach dem Start. Es war Zeit, meine neu erworbene Selbständigkeit dem weiblichen Einfluss auszusetzen und zu sehen, was dabei herauskommen würde. Noch dazu ging es nicht um irgendeine Frauenbekanntschaft, sondern um eine, die sich plötzlich von selbst meldete. Sie hieß Teresa und war eine alte Romanze aus der Handelsakademie. Wir trafen uns seinerzeit zwischen den Unterrichtsstunden auf der Schultoilette, wo wir erste, wackelige Schritte auf dem nebulösen Gebiet des Pettings machten. Unsere Liebesaffäre ging zu Ende, bevor sie richtig angefangen hatte, und alles nur, weil ich meinen Schnabel nicht halten konnte. Da Teresa gegen ihren reichen Vater rebellierte, beschloss sie, nach der Matura Armenhilfe in Afrika zu leisten. Das trieb ihren Vater natürlich zur Weißglut, hatte aber leider auch für mich schwerwiegende Folgen.

Eines Tages, als wir wieder auf der Toilette waren und Teresa mir überaus großzügig ihre Brüste überließ, bekam sie einen übersprudelnden Redeanfall über ihre Zukunftspläne in Afrika.

Ich blendete die unappetitlichen Details über Krankheiten so gut es ging aus, und meine Erektion war ohnehin nicht so leicht kleinzukriegen, aber als sie anfing, von Lepra-Symptomen bei Kleinkindern zu erzählen, hielt ich es nicht mehr aus und fragte: »Und warum hilfst du nicht den größten Opfern Afrikas? Den Gazellen?«

»Den Gazellen?«, staunte sie. »Ist das eine Metapher?«

Jeder, der halbwegs bei Verstand war, hätte in diesem Moment das Thema gewechselt, aber ich machte weiter und besiegelte mein Schicksal.

»Jeder Mensch weiß doch, dass täglich mehrere Gazellen auf eine Tretmine laufen und dabei ein Bein verlieren«, belehrte ich sie. »Wie kommen die denn dazu? Es ist doch nicht ihr Krieg, sondern ein Krieg der Menschen. Bau doch denen erst mal ein Krankenhaus!«

Sie starrte mich an wie jemand, dem Schuppen von den Augen fallen, und brüllte mir ins Gesicht, obwohl das nur zwei Zentimeter von ihr entfernt war: »So viel Zynismus ist mir noch nie begegnet! Du bist der größte Fehler meines Lebens!«

»Du bist erst fünfzehn. Wie kannst du das wissen?«

Daraufhin ließ sie mich stehen, mit meiner Erektion und, was noch schlimmer war, dem dumpfen Gefühl, dass ich sie nicht so bald auf der Toilette wiedersehen würde.

Umso verblüffter war ich, als sie sich nach all der Zeit nun bei mir meldete und am Telefon (sie sagte nicht, woher sie meine Nummer hatte) den Vorschlag für ein »zwangloses Treffen« machte. Sie schlug unsere alte Kneipe »Aquarium« vor, in der wir seinerzeit ein paar nette Abende verbracht hatten, an denen wir abwechselnd über den Untergang des Abendlandes und die interessantesten Sexstellungen geredet hatten.

Aus Gründen, die in den dunklen Tiefen meiner Psyche lagen, besorgte ich mir für dieses Treffen sogar ein neues Hemd. Ich ließ zu diesem Zweck eine Stunde lang die Mariahilfer Straße über mich ergehen, was ich anschließend mit zwei Gläsern Wein kompensieren musste. Ich bin von Natur aus nicht menschenscheu, aber der Anblick von Menschenmassen, die einem verbilligten Salzstreuer oder »3 Baumwollsocken zum Preis von 1« hinterherjagen, kann sogar Stahl verbiegen.

Als ich am verabredeten Tag ins »Aquarium« kam, wünschte ich mir, ich wäre in meinen Ableserklamotten erschienen. Das Lokal war nicht mehr wiederzuerkennen. Wo früher angenehmes Zwielicht geherrscht hatte, war jetzt alles mit Scheinwerfern ausgeleuchtet, wie auf einer Bühne. Das Theaterstück, das gerade gegeben wurde, hieß: »Außer mir existiert nichts mehr.« Die Schauspielerinnen hatten lackierte und gepflegte Fingernägel von der Länge eines Säbels, die erstaunlich gut mit den neonfarbenen Cocktailgläsern harmonierten. Die Schauspieler saßen da, als stünden sie kurz davor, Millionäre zu werden. Ihre Porsches, die sie ihren Vätern für diesen Abend geklaut hatten, parkten verkehrswidrig auf dem Gehsteig, damit sie von ihrem Tisch aus durch das Fenster Blickkontakt halten konnten. Ich entdeckte Teresa an einem abgelegenen Tisch. Sie saß mit dem Rücken zu mir, sodass ich ein paar Augenblicke Zeit hatte, um sie ungestört zu beobachten. Sie hatte sich kaum verändert. Sie war nur etwas fülliger geworden und hatte jetzt einen Bubikopf. Sie trug einen schwarzen Rock mit Bluse und um den Hals eine Perlenkette. Sie sah aus wie eine molligere Ausgabe von Audrey Hepburn in »Frühstück bei Tiffany«. Als ich an ihren Tisch kam, sagte ich kein Wort, um zu sehen, ob sie mich auch sofort erkennen würde. Sie neigte bei meinem Anblick den Kopf leicht zur Seite und sagte: »Wenn das ein Test ist, Walerian, dann bist du gerade durchgefallen. Ich erkenne dich sogar noch, wenn du hundert bist.«

»Wenn ich hundert bin, bin ich in einem Lokal namens Friedhof«, erwiderte ich, und wir küssten uns zur Begrüßung auf die Wange. Dann deutete Teresa auf die umstehenden Tische: »Hätte ich gewusst, was hier inzwischen passiert ist, hätten wir uns anderswo getroffen. Einen Drink lang müssen wir es aber schon aushalten.«

Mir fiel ein Stein vom Herzen, als ich das hörte, denn für einen Moment hatte ich den Verdacht gehabt, dass wir hier in ihrer Stammkneipe waren. Ich bestellte mir ein Glas Wein, und wir gaben uns einem sentimentalen Informationsaustausch hin, den Teresa als »gegenseitigen Situationsbericht« bezeichnete. So erfuhr ich, dass sie Single war, eine große Wohnung in einem sehr guten Bezirk hatte und die Firma ihres Vaters leitete, der ein Jahr zuvor ein Aneurysma gehabt hatte und seither ein Pflegefall war.

Im Gegenzug erzählte ich ihr von meinen Gelegenheitsjobs und meiner Arbeit als »Archäologe«. Dazu tischte ich ihr ein paar der besten Anekdoten auf, die sogar für uns Ableser lustig waren. Sie lachte sich halbtot und gab dann zu, dass in diesem Fall an dem Vergleich mit der Archäologie doch etwas dran sein könnte. Aus unerfindlichen Gründen interessierte sie aber der Teil meiner Geschichte am meisten, in dem ich bei meiner Mutter auszog und »mir meine Selbständigkeit erkämpft hatte«, wie sie es nannte. Es war mehr als Neugier, und mir dämmerte langsam, dass dieses Treffen nicht nur einem sentimentalen Informationsaustausch diente. Ich war daher nicht sonderlich überrascht, als sie nach dem dritten Drink sagte: »Eigentlich habe ich noch nie gesehen, wie ein Archäologe wohnt. Wäre es dem Herrn möglich, mir diesen Wunsch zu erfüllen?«

Aus dem Mund jeder anderen Frau würde dieser Satz, und vor allem die Formulierung »dem Herrn«, albern klingen, aber nicht aus ihrem. Teresa hatte immer schon die Gabe gehabt, pathetische Sätze witzig auszusprechen.

»Das wäre dem Herrn möglich«, gab ich zurück, »aber ich kann dir nicht zeigen, wie ein Archäologe wohnt. Nur, wie ich wohne.«

»Allein um diesen geistreichen Ausspruch zu hören, hat sich der Abend schon gelohnt«, sagte sie und tätschelte mir dabei die Wange. »Das Erwachsenenleben hat dir entschieden gutgetan. Du siehst zwar in deinem alten Hemd genauso aus wie damals, aber du hast dich wirklich verändert.«

»Das Hemd ist funkelnagelneu«, widersprach ich, worauf sie lachend den Kopf schüttelte. Nach kurzen Verhandlungen, wer die Rechnung bezahlen würde, stiegen wir ins Taxi. In meiner Wohnung machte Teresa eine kleine Runde und setzte sich auf die Couch.

»Zum Glück sieht das hier nicht wie eine archäologische Ausgrabung aus«, sagte sie, »und ich hoffe, dass der Wein nicht aus einer zweitausend Jahre alten Amphore serviert wird. Ich warne dich. Ich vertrage nur frische Produkte aus unserer dekadenten Epoche.«

Ich ging in die Küche und holte uns zwei Gläser von einem Weißwein, den ich am Vortag gekauft hatte. Beim Eingießen musste ich an die Alkoholindustrie denken, die Milliarden damit machte, weil zwei Menschen aus Lampenfieber ein volles Glas brauchten, an das sie sich klammern konnten.

Ich ging zurück ins Wohnzimmer, reichte Teresa ein Weinglas und setzte mich neben sie. Es war so, als würde der Abend von vorne beginnen. Ich nahm einen ordentlichen Schluck, stellte das Glas ab und kam zur Sache: »Halte mich für aufdringlich und sogar paranoid, aber kann es sein, dass du mich nicht nur aus Sentimentalität angerufen hast?«

»Und wenn es so wäre? Wäre das so schlimm?«

»Ganz und gar nicht. Ich bin nur neugierig.«

»Würdest du mir glauben, wenn ich sagte, dass mir einfach danach war, jemanden von früher zu treffen?«

»Das würde ich nicht. Es gab immerhin in unserer Schule tausend Schüler, und mit einem Dutzend hast du dich viel besser verstanden als mit mir. Und sag nicht, dass es wegen unserer Toilettenausflüge war. Sogar damals wusste ich schon, dass sie nicht gerade der Gipfel der Romantik waren.«

»Nein, wirklich nicht«, lächelte sie und wurde plötzlich ernst.

»Ich wollte jemanden treffen, mit dem man normal reden kann.«

»Und was ist mit deinem Bekanntenkreis?«, ließ ich nicht locker. »Du musst eine Menge interessante Menschen kennen. Bestimmt kann man mit dem einen oder anderen auch normal reden.«

»Mit meinem Bekanntenkreis ist in letzter Zeit etwas Seltsames passiert. Sie sind alle erfolgreich, jammern aber nur noch. Jeder Dritte nimmt Antidepressiva, und man kann mit ihnen über nichts reden, wo ein Fragezeichen vorkommt. Sie wollen alles vom anderen wissen, erzählen aber nichts über sich. Manchmal denke ich, es liegt an der Geschwindigkeit, mit der jetzt alles vor sich geht. Erinnerst du dich, wie du mal in der Mathematikstunde zu mir gesagt hast: Schnelligkeit ist gut für Atome, aber nicht für die Wesen, die aus ihnen bestehen?«

»Das ist von mir? Ich war damals wirklich geistreich.«

»Du bist jetzt geistreich, damals warst du klug, mein Freund.«

Sie nahm einen Schluck und betrachtete mich aufmerksam, als wollte sie mir jetzt eine Frage stellen, die sie schon seit langem nicht losließ.

»Woher hast du damals nur die Kraft gehabt, um aus dieser Schule und überhaupt dem ganzen Unsinn auszusteigen?«

»Das war keine Kraft, sondern Verzweiflung.«

»Du sahst nicht verzweifelt aus.«

»Ich war es aber. Und außerdem kann man nicht auf Dauer Luft essen.«

»Wie bitte?« Teresas Gesicht verwandelte sich in ein riesiges Fragezeichen.

»Du kennst ja meine Geschichte«, antwortete ich, »ich bin von meiner unzurechnungsfähigen Mutter nach Wien entführt worden und in die falsche Schule gekommen, streng genommen, überhaupt in den falschen Film. Ich musste mich ganz allein reparieren und mir aus dem Nichts festen Boden unter die Füße zaubern. Und das ist der Punkt, an dem ich gerade bin. Genau betrachtet, bin ich mitten in einer Reparaturphase.«

Ich zeigte auf den Raum um uns herum: »Ich habe auch schon gewisse Fortschritte gemacht, oder?«

»Du ahnst nicht, wie gut es tut, solche Dinge zu hören. Auch wenn sie etwas pathetisch klingen.« Nach einer kleinen Pause fügte sie hinzu: »Aber das mit den Gazellen hättest du dir sparen können.«

»Ich habe mir Sorgen um deine Beine gemacht. So eine Tretmine kann viel Schaden anrichten.«

Das war nicht das geschickteste Kompliment, aber ich hatte in letzter Zeit nicht viel Gelegenheit gehabt, mich in der Kunst des Flirtens zu üben.

»Vielleicht hast du recht«, lachte Teresa, »meine Beine waren damals wirklich gut in Schuss.«

»Das sind sie immer noch.«

»Tatsächlich?« Sie schaute ihre eigenen Beine an, als ob sie sie zum ersten Mal sehen würde. Und dann tat sie etwas, was nach Zufall aussah, aber auch das Gegenteil sein konnte. Sie legte ihre Hand auf einen Oberschenkel und begann ihn leicht zu massieren. Mir wurde schlagartig heiß. Zum Glück gehöre ich zu Menschen, denen man Hitzewallungen nicht einmal dann ansieht, wenn man sie in einen Hochofen sperrt.

Aber es war nicht zu übersehen, dass Teresas Verhalten sich verändert hatte. Sogar ihre Stimme nahm eine eigenartige Färbung an.

»In dem Fall hätte ich noch eine Frage an dich, Walerian. Du musst sie aber nicht beantworten. Nur, wenn du willst«, sagte sie mit ihrer neuen Stimme.

»Wir haben uns schon eine Ewigkeit nicht gesehen. Da können wir alles fragen«, krächzte ich.

»Ich will Folgendes wissen: Wie fühlt sich das an?«

Sie nahm meine Hand und legte sie auf ihr Knie. Es war wie ein elektrischer Schlag. Ich konnte mit elektrischen Schlägen nicht ganz so gut umgehen wie mit hohen Temperaturen, sagte aber so ruhig wie möglich: »Ganz gut.«

»Ganz gut?«

Sie sah mich an, und plötzlich wusste ich, warum sie mich nach all den Jahren angerufen hatte: um dort weiterzumachen, wo wir in der Handelsakademie aufgehört hatten. Es war vor einer Ewigkeit. Aber Frauen haben ein anderes Zeitgefühl. Das ist wissenschaftlich nachgewiesen.

»Und?«, fragte Teresa, »wie fühlt sich das an?«

»So, als würde hier jemand eine archäologische Ausgrabung starten«, sagte ich. Kaum hatten diese Worte meinen Mund verlassen, wünschte ich, ich hätte das nicht gesagt. Es klang wirklich idiotisch.

»Ich schlage vor, du sagst kein Wort mehr, Walerian. Das war nie deine Stärke in solchen Momenten.«

»Da ist was daran«, stimmte ich zu. »Ich schweige ab jetzt.«

»Gute Idee«, seufzte sie und neigte sich zu mir. Wir küssten uns, und meine rechte Hand verselbständigte sich und begann ihr diskret die Bluse aufzuknöpfen. Ich war, was Komplimente und Konversation in derartigen Momenten betraf, ziemlich eingerostet, aber meine Hand hatte die lange Abstinenz gut überstanden. Ich staunte, wie geschickt sie nach so vielen Jahren mit Blusenknöpfen und anderen Hindernissen umgehen konnte. Als ich beim letzten Knopf angelangt war, unterbrach mich Teresa und sagte: »Auf die Gefahr hin, dass du mich für pedantisch hältst, erlaub mir, dass ich das selber ausziehe. Es ist mein Lieblingsstück.«

Sie öffnete den letzten Knopf selbst und legte ihre Bluse auf den Stuhl neben der Couch. Ich betrachtete ihren Oberkörper und bemerkte die kleinen Veränderungen, die die Zeit angerichtet hatte. Ihr Bauch war fülliger geworden. Und das Muttermal unter dem BH war größer. Sie begann mein Hemd aufzuknöpfen, streifte es ab und betrachtete mich. Bestimmt machte sie ähnliche Entdeckungen wie ich bei ihr. Ihre Hand landete auf meinem Oberschenkel.

»Du bist ziemlich durchtrainiert«, sagte sie, »treibst du Sport?«

»Täglich. Von acht bis sechzehn Uhr.«

»Hat nicht geschadet.«

Wir entledigten uns endgültig unserer restlichen Kleidung, und sie legte sich auf die Couch. Sie war unten rasiert.

»Das kommt gerade in Mode«, flüsterte sie. »Stört dich das?«

»Nein, gar nicht«, sagte ich. Ich wusste nicht, was ich darauf antworten sollte. Es war alles so seltsam. Wie in einem Film. Und trotzdem hatte ich eine Erektion.

»Dann stört dich das sicher auch nicht«, sagte Teresa, und ihre Hand wanderte zwischen ihre Oberschenkel. Sie begann sich leicht zu stimulieren. Zuerst nur ein wenig, und dann immer mehr.

»Mach dasselbe bei dir«, flüsterte sie.

Ich fasste mein Glied an und begann es langsam hin- und herzubewegen.

»Schau mich dabei an«, bat sie. Wir sahen uns in die Augen. Ihre Oberschenkel bewegten sich in einem eigenartigen Rhythmus. Ich blieb ihr nichts schuldig. Plötzlich fasste Teresa nach meinem Glied und hinderte mich daran, weiterzumachen. »Komm zu mir. Komm zu mir«, wiederholte sie.

Ich legte mich auf sie, und sie fuhr mit ihren Fingernägeln über meinen Rücken.

»Und jetzt komm in mich hinein«, flüsterte sie. Ich war so erregt, dass ich nicht einmal mit der Hand nachhelfen musste. Sobald ich in ihr war, merkte ich, wie nass sie war. Sie umklammerte mich mit den Beinen.

»Es ist nur ein Sommertag. Es ist nur ein Sommertag«, flüsterte sie plötzlich. Ich begann mich zu bewegen. Zuerst langsam und dann immer schneller. Sie war eine Weile still, begann aber dann von einem Moment auf den anderen schwer zu atmen. Ich spürte, dass ich kurz vor dem Punkt war, wo ich es nicht mehr halten konnte. Ich verlangsamte und öffnete die Augen. In dem schwachen Licht, das durch das Fenster kam, sah Teresas Körper seltsam aus. Über ihren Brüsten und ihren Oberschenkeln lag ein leichter Schweißfilm. Ihre Haut glitzerte im Dunkeln wie Quarz. Ich begann mich heftiger zu bewegen und war schnell wieder da, wo ich aufgehört hatte. Als der Punkt kam, wo ich mich nicht mehr zurückhalten würde können, balancierte ich kurz auf der dünnen Linie zwischen Lust und Kontrolle und kam in drei langen Schüben. Teresa hörte auf, sich zu bewegen, und ließ es geschehen. Ich blieb eine Weile auf ihr und rollte dann von ihr herunter. Eine Zeitlang sagten wir nichts. Es war mucksmäuschenstill im Raum. Plötzlich sagte Teresa: »Ich möchte dir bei deiner Reparatur helfen.«

»Tatsächlich? Das ist aber nicht nötig«, stammelte ich. Mir war noch schwummrig von diesem plötzlichen Sex. Noch dazu war es der erste Sex nach langer Zeit, an dem außer mir noch eine andere Person beteiligt war.

»Und wie es das ist«, sagte sie, »versprichst du es mir?«

»Ich verspreche es.« Ich wusste nicht, was sie meinte, aber ich hätte ihr in diesem Moment auch meine beiden Nieren versprochen.

Sie küsste mich und begann mit einer Hand etwas in der Luft zu zeichnen: »Ich habe auch schon eine Idee, wie wir das machen. Es wird dir gefallen. Einverstanden?«

»Einverstanden«, sagte ich und verstummte wieder, weil ich spürte, wie Teresas Hand, mit der sie gerade eben noch Zeichen in die Luft gemacht hatte, sich auf die Stelle zuzubewegen begann, wo normalerweise sonst immer nur meine Hand war.

9

Ich hatte gehofft, dass Teresa das Versprechen, mir »bei meiner Reparatur zu helfen«, vergessen würde, sobald wir das Bett verlassen hatten. Aber da irrte ich mich. Frauen nehmen Versprechen, die im Bett ausgesprochen werden, noch ernster als jene, die im Beisein anderer Möbel gegeben werden. Zum Glück ließ sie sich etwas Originelles einfallen. Ich musste sie nicht zu einem Bankett begleiten oder zu einer Grillparty bei Freunden des Ralph-Lauren-Konzerns, sondern an einer kleinen Scharade teilnehmen, die sie eingefädelt hatte. Sie wählte dafür aus ihrem Bekanntenkreis zwei schwerreiche Investmentbanker aus, die gerade Testpersonen für eine sogenannte »Produktbesprechung« suchten. Ich hatte keine Ahnung, was das war oder wie mir das bei meiner Reparatur helfen sollte, aber ich war neugierig, nach so vielen Jahren ein paar Monster aus dem alten Handelsakademie-Milieu zu treffen. Ganz zu schweigen davon, dass ich den Bekanntenkreis von Teresa kennenlernen wollte, von dem sie so wenig hielt.

Also betrat ich, nachdem Teresa alles in die Wege geleitet hatte, wenige Tage später ein riesiges Loft im ersten Bezirk, das teuer und sogar mit einer gewissen

Eleganz ausgestattet war, wenn man von Klischeeutensilien wie Golfschlägertaschen oder Miniaturyachtmodellen absah. Die beiden Banker waren in dem schwer einzuschätzenden Alter zwischen dreißig und vierzig. Der eine stellte sich als Wilhelm vor und sah genau wie eine gealterte Kopie des Jünglings mit dem Porsche aus dem Foyer der Handelsakademie aus. Der andere Banker hieß Sebastian und wog über hundert Kilo, die er unter einem teuren Maßanzug nicht besonders erfolgreich versteckte. Beide empfingen mich mit einem Lächeln, das auf gelegentlichen Kokainkonsum zurückzuführen war.

»Wunderbar, dass Sie es so kurzfristig einrichten konnten«, begrüßte mich als Erster derjenige, der Wilhelm hieß, und zeigte auf die Möbel in seinem großen Büro: »Es gibt hier viele Stühle. Suchen Sie sich bitte einen aus.«

Das brauchte man mir nicht zwei Mal zu sagen. Ich verfügte über einen sechsten Sinn, wenn es darum ging, den bequemsten Sessel in einem Raum sofort zu erkennen. Ich wählte einen riesigen Ohrensessel aus Leder und nahm Platz.

»Teresa hat uns gesagt, dass Sie sich noch aus der Handelsakademie kennen. Stimmt das?«, fuhr Wilhelm fort, während er sich an einer Art Bar zu schaffen machte.

»Allerdings. Das war wirklich eine turbulente Zeit«, erwiderte ich, während ich den Blick durch den Raum schweifen ließ.

»Wem sagen Sie das«, stimmte Wilhelm zu, als wären wir schlagartig Freunde geworden. »Und jetzt scheinen Sie mit Teresa so richtig eng zu sein, oder?«

Seine Frage kam unschuldig daher, aber er wollte eindeutig wissen, wie es zwischen mir und ihr stand. Es juckte mich kurz, ihm zu sagen, dass Teresa die Angewohnheit hatte, beim Sex mit den Füßen die Bettwand einzutreten, aber ich ließ es. Ich wollte schließlich nicht von einer sündteuren Cognacflasche erschlagen werden, sondern auf eine zivilisierte Art und Weise ihren Inhalt kennenlernen.

»Nicht mehr und nicht weniger als viele andere auch«, antwortete ich geheimnisvoll, worauf Wilhelm mich mit seinen stahlblauen Augen ins Visier nahm und dann plötzlich lächelte: »Was für eine kluge und charmante Antwort. Was möchten Sie denn trinken?« Er zeigte auf die Bar.

»Ich nehme dasselbe wie Sie.«

Wilhelm goss mir etwas von der rubinroten Flüssigkeit ein, die bereits er und der andere Banker namens Sebastian in den Gläsern hatten. Ich war kein Cognac-Kenner, aber schon nach dem ersten Schluck wusste ich, dass ich um Nachschlag bitten würde.

»Teresa hat Ihnen schon in groben Zügen berichtet, warum wir Sie heute eingeladen haben. Ist das richtig?«, schaltete sich zum ersten Mal der dicke Banker namens Sebastian ein.

»Aber wirklich nur sehr grob.«

Ich nahm einen weiteren Schluck Cognac. Ich musste aufpassen, das Glas nicht zu schnell zu leeren. Er schmeckte einfach zu gut.

»Dann erkläre ich es Ihnen kurz«, fuhr Sebastian fort, »hin und wieder bekommen wir ein interessantes Projekt auf den Tisch. Dann suchen wir uns sozusagen einen unbefangenen Beobachter, der gewillt ist, seine Meinung dazu abzugeben. Sie können also alles sagen, was Sie denken. Nehmen Sie sich kein Blatt vor den Mund. Die einzige Bedingung ist, dass das, was in diesem Raum gesagt wurde, auch hier bleibt.«

»Das versteht sich von selbst«, nickte ich.

»Dann können wir anfangen?«

»Ich bin ganz Ohr.«

Langsam fing es an, mir hier zu gefallen. Außerdem ist der Mensch nun mal leicht zu korrumpieren, wenn sein Körper sowohl von außen wie von innen gut versorgt wird.

»Was wissen Sie über die Digitalbranche, Walerian?«, übernahm jetzt wieder Wilhelm.

»Sie meinen über das Internet? Nur, dass dort täglich ein paar hundert Kids verlorengehen und nie wiedergefunden werden.«

Diesen intelligenten Satz hatte ich aus einer Sendung unter dem Titel »Gefahren aus dem Internet«. Ich dachte, ich würde damit ein Lächeln auf den Gesichtern der beiden Banker auslösen, aber ich irrte mich.

»Nein, das Internet ist zu schwer beherrschbar«, widersprach Wilhelm mit ernstem Gesicht, »und außerdem sind da schon andere dran. Wir meinen das gute alte Handy. Es mag so aussehen, als könnte man mit diesem Produkt mittlerweile nichts mehr anfangen, aber wir sind anderer Meinung. Du bist dran, Sebastian.«

»Eine brandneue Studie sagt, dass achtzig Prozent der Handynutzung nicht dem Austausch von Informationen dienen, sondern dem Generieren von Vergnügen«, fuhr wieder Sebastian fort. »Wir könnten somit theoretisch das Handy zu einem Vergnügungsobjekt mit grenzenlosen Möglichkeiten machen. Und mit etwas Glück wird am Ende das Telefonieren das Letzte sein, was die Leute damit machen. Können Sie uns so weit folgen?«

Ich nickte, was ein Kunststück war. Mein Kopf bewegte sich die ganze Zeit zwischen den beiden hin und her wie ein Pingpongball.

»Ja und nein. Was meinen Sie mit einem Vergnügungsobjekt?«

»Wir gehen davon aus, dass man damit fotografieren können wird, es als Navigationssystem verwenden und sogar irgendwann mal als Kreditkarte. Und das ist nur die Spitze des Eisbergs. Wir wissen ja, wie einfallsreich unsere Freunde in Silicon Valley sind. Die Frage an Sie, einen künftigen Konsumenten dieses Produkts, lautet: Wären Sie an so einem Gerät überhaupt interessiert?«

»Eigentlich schon, aber …« Ich unterbrach und massierte mir den Nacken.

»Aber was?«, hakte Wilhelm nach.

»Darf ich wirklich sagen, was ich denke?«

»Das dürfen und das sollten Sie sogar.«

»Natürlich wäre ich an so einem Gerät interessiert«, sagte ich, »nur erinnert es mich ein wenig an die kommunistische Zentrale, die auch seinerzeit alles in sich vereinen wollte. Und wir wissen inzwischen, wie das ausgegangen ist. Es gab am Ende ganz schön viele Opfer.«

»Teresa hat schon gewusst, warum sie uns Sie geschickt hat«, lobte mich Sebastian, »Sie haben Grips, Walerian. Sie haben haarscharf ein großes Problem erkannt.«

»Stimmt. Ein ausgezeichneter Einwand«, pflichtete

ihm Wilhelm bei, »aber Ihr Vergleich mit den Kommunisten ist doch ein wenig harsch, finden Sie nicht? Wir sollten nicht vergessen, dass wir uns in einem menschenfreundlichen System befinden. Und die große Fähigkeit unseres Systems besteht darin, Gebrauchsgegenständen ein Gesicht zu verleihen und sie den Menschen sympathisch zu machen.«

»Was mein Kollege meint, ist«, übernahm Sebastian, »dass wir ohnehin nur langsam eine Funktion nach der anderen hinzufügen würden, bis in dem Kunden das Gefühl entsteht, dass er hier über ein nützliches und freundliches Gerät verfügt. Ist alles in Ordnung, Walerian? Sie spielen so gedankenverloren mit Ihrem Glas?«

»Alles in bester Ordnung. Ich versuchte mir nur gerade einen Gegenstand mit einem freundlichen Gesicht vorzustellen. Bitte reden Sie weiter.«

»Leider ist neulich ein kleines Problem aufgetaucht, weshalb uns Ihre Meinung so wichtig ist. Überraschenderweise haben einige Probanden ein derartiges Universalwerkzeug als unbehaglich empfunden, und nun versuchen wir herauszufinden, warum. Dazu würden wir gerne Ihre Meinung kennen. Vielleicht haben Sie seine Erklärung dafür?«

»Das nicht, aber vielleicht hätte ich eine Art spontane Hypothese.« Ich schaute an die Decke, die mit den gleichen Engeln bemalt war wie die Karlskirche, und begriff langsam, was Teresa meinte. Man musste hier Selbstverständlichkeiten erklären.

»Vielleicht haben die Probanden gespürt, dass dieses Ding sie irgendwie …«, ich suchte nach dem richtigen Wort, »lächerlich macht?«

»Lächerlich? Inwiefern?«

»Stellen wir uns doch eine Straße vor, wo jeder so ein Universalhandy hat und es gerade benutzt. Das würde doch lächerlich aussehen, finden Sie nicht? Das würde sogar nach einer Masse von Idioten aussehen.«

»Interessanter Einwand«, sagte Sebastian, »aber das hat man seinerzeit auch über das Auto gesagt. Und sehen Sie jetzt. Das Auto schafft Masse, aber in jedem sitzt ein Individualist.«

»Das ist VW-Werbung, oder?«, fragte ich.

»Nein, Fiat. Dennoch ist es eine Tatsache, dass heute viele ohne das Auto gar nicht mehr leben könnten.«

»Und genau das ist der Punkt. Wir bekommen hier noch etwas, ohne das wir nicht mehr leben können. Heute müssen wir uns ein Handy kaufen, um ein Gespräch zu führen, und morgen dann wahrscheinlich schon ein Gerät, um zu atmen.«

»Walerian, mein Lieber«, schaltete sich Wilhelm ein, »wir reden hier nur davon, ein Gerät auf den

Markt zu werfen, das den Alltag erleichtert, und nicht einen bösen Zauberstab, der alles in einen Kindergarten verwandelt. Und was ist so schlimm daran, dass ein Gerät des täglichen Gebrauchs uns gleichzeitig Vergnügen bereitet? Das machen das Kino, das Theater und andere Medien doch auch. Neulich habe ich sogar ein Stück von Shakespeare gesehen, in dem sich Hamlet am Handy unterhielt. Das Publikum hat gejubelt.«

»Wirklich, und bei welchem Anbieter ist Hamlet? Da will ich auch hin.«

Sebastians rechte Hand fing plötzlich an zu zittern. Er griff nach seinem Glas, um es zu unterbinden. Auf einmal war die Atmosphäre nicht mehr so angenehm wie noch vor kurzem, als man mir den Ohrensessel angeboten hatte.

»Ich glaube, wir driften jetzt auf eine Nebenspur ab«, sagte Wilhelm, »aber zum Glück sind wir sowieso schon fast am Ende. Es gibt nur noch eine Frage. Was würden Sie tun, wenn man Ihnen so ein Superhandy schenkt? Geben Sie es weiter? Behalten Sie es, oder machen Sie etwas ganz anderes damit?«

»Was ich persönlich damit tun würde?«, staunte ich.

Ich machte eine Geste, als wollte ich einen fahrenden Zug anhalten. Manchmal tat ich Dinge, die ich selber nicht verstand.

»Ich würde schauen, ob es mich nicht zu sehr ablenkt. Seit ich klein bin, werde ich ständig von etwas abgelenkt. Würde dieses Universalhandy das auch machen, würde ich das Fenster aufmachen, zur Sicherheit schauen, ob unten auch niemand geht, und es dann der Gravitation anvertrauen, wie Albert Einstein zu sagen pflegte.«

Sebastian und Wilhelm verstummten und sahen einander an. Dann brachen sie in Lachen aus.

»Sie sind wirklich ein Meister der Schwarzmalerei«, schüttelte Wilhelm den Kopf, »ein echter apokalyptischer Reiter. Wir sind wirklich froh, dass wir Sie eingeladen haben.«

»Das ist richtig«, stimmte Sebastian zu, »von allen Testpersonen waren Sie bisher am erfrischendsten und informativsten. Wir sind dank Ihnen nun absolut im Bilde.«

Er hob das Glas und sagte: »Auf Walerian! Prost!«

»Auf Walerian«, stimmte Wilhelm zu.

Ich war mir nicht sicher, ob sie sich über mich lustig machten, aber ich trank trotzdem aus. Es war immerhin auf mein eigenes Wohl, und so eine Gelegenheit muss man immer ergreifen. Danach fielen mir schlagartig zwei Dinge auf: erstens, dass ich bereits ordentlich einen in der Krone hatte, und zweitens, dass ich nie wieder eine Gelegenheit wie diese bekommen würde, um etwas zu sagen, was mir im Laufe dieses Gesprächs immer klarer geworden war. Ich stellte das Glas ab und stand auf.

»Ich bedanke mich auch für diese interessante Erfahrung«, sagte ich, »und bevor ich gehe, möchte ich noch etwas loswerden. Es geht aber nicht um Ihr Superhandy, sondern um Sie beide.«

»Nur zu«, beide schauten neugierig auf, »wir sind ganz Ohr!«

»Als ich hier hereinkam, dachte ich, dass ihr beide gewöhnliche Geschäftsleute seid. Kapitalisten, wie sie im Buche stehen«, sagte ich, »aber euch beiden geht es nicht nur um Profit und nicht einmal um Macht, um die es ja eigentlich immer geht. Ihr gebt vor, Geräte und Gebrauchsgegenstände zu produzieren, aber ihr seid in Wirklichkeit nur … Luftgangster!«

Wilhelm und Sebastian tauschten einen Blick aus. Man musste diesen Blick gesehen haben. Sie hielten wieder nur mühsam ihr Lachen zurück. Sie hatten erwartet, ich würde Sie jetzt nach Herzenslust beschimpfen, aber stattdessen brachte ich nur einen komischen Vergleich zusammen.

»Und Sie sind eine Bereicherung, Walerian. Noch dazu eine sehr bizarre, die wir nicht so schnell vergessen werden«, sagte Wilhelm. »Finden Sie allein hinaus? Oder sollen wir Ihnen den Weg zeigen?«

»Nicht nötig«, sagte ich, »den finde ich blind. Danke für den Cognac. Der war wirklich ausgezeichnet.«

Ich drehte mich um und wandte mich Richtung Ausgang. Ein paar Sekunden später war ich draußen. Ich ging bis zur nächsten Ecke und lehnte mich dann an eine Hausmauer. Mir war richtig schwindlig, was kein Wunder war: So, wie es aussah, hatte ich fast im Alleingang ihren ganzen Cognac ausgetrunken. Ich atmete ein paar Mal durch, was nicht sonderlich half, und schloss kurz die Augen. Als ich sie wieder öffnete, fiel mein Blick auf das gegenüberliegende Haus, auf dem »Beschädigte Waschmaschinen zum halben Preis« stand. »Endlich weiß ich, was aus mir geworden wäre, wenn ich damals in dieser Schule geblieben wäre«, sagte ich, »danke, Teresa. Jetzt bin ich absolut repariert.«

10

Vielleicht ist es ein Naturgesetz, oder es liegt einfach nur in meiner Familie, aber sobald es mit einem von uns aufwärtsgeht, klopft das Unglück an die Tür. Als mein Großvater seine Schuhmacherwerkstatt aufmachte, brach er sich am nächsten Tag den Daumen, was nicht nur ein Riesenpech war, sondern auch ein ziemliches Kunststück, das man in der Orthopädie entsprechend zu würdigen wusste. Als mein Onkel den Lottoschein, auf dem fünf von sechs Richtigen waren, zur Auszahlungsstelle trug, traf er unterwegs einen Kumpel und ging mit ihm auf ein Bier. Am nächsten Tag wachte er ohne seine Hose auf, und sein Kumpel kaufte sich drei Tage später einen Mercedes. Und nun war offenbar ich dran: Als ich mir meine Selbständigkeit erkämpft hatte, den besten Job der Stadt besaß und obendrein in der Mann-Frau-Welt erhebliche Fortschritte machte, meldete sich wie aus heiterem Himmel meine alte Krankheit zurück: die von Dr. Noznik diagnostizierte »Augenstarre«.

Zuerst fing ich an, unter sonderbaren Konzentrationsausfällen zu leiden. Ich hielt das für ganz normale Aufmerksamkeitsdefizite, wie sie den modernen Menschen regelmäßig befallen. Doch dann fingen die

Symptome an, sich zu häufen, und schließlich brach die Krankheit mit einer solchen Intensität aus, als wollte sie sagen: »Ich habe dich lange genug in Ruhe gelassen, damit du dich um andere Sachen kümmerst, aber jetzt bin ich dran.«

Hob ich zum Beispiel beim Frühstück eine heiße Teetasse an den Mund, wunderte ich mich im nächsten Moment, warum der Tee auf einmal kalt war. Ohne es zu bemerken, hatte ich eine halbe Stunde den Tisch vor mir betrachtet. Ein andermal klopfte mir jemand beim Heizungsablesen auf die Schulter und fragte, warum ich seit einer Viertelstunde auf die Plombe starrte. Ich musste die Ursache finden. Aus dem ersten Impuls heraus suchte ich einen Fachmann auf, und diesmal nicht Dr. Noznik, der übrigens schon eine eigene Praxis für Emigranten eröffnet hatte und teurer als Sigmund Freud war, sondern einen echten Psychologen. Schließlich gab es inzwischen genug ähnlich seltsame Krankheiten, an denen die Leute zwar nicht starben, aber mit denen sie auch nicht richtig leben konnten. Die Psychologenpraxen schossen wie Pilze aus dem Boden, und die Psychologen schienen ziemlich gut drauf zu sein. Doch dieser weißgewandete Experte hatte keine Ahnung, worüber ich redete, geschweige denn, dass er von derartigen Symptomen je gehört hatte. Am Ende der Sitzung tätschelte er mir die Schulter und verschrieb mir irgendwelche Antidepressiva, mit denen man erstaunlich locker umging. Ich konnte noch froh sein, dass ich nicht in Amerika lebte, wo man in kleinen Städten Prozac direkt ins Leitungswasser schüttete, um den Bürgern den lästigen Gang in die Apotheke zu ersparen. Dann versuchte ich es mit Meditation und Fachliteratur, doch als ich mich dabei ertappte, wie ich ein Buch mit dem Titel »Schließ die Augen, um zu sehen. Teil 2« kaufen wollte, begriff ich endgültig, dass die Sache langsam ernst wurde.

Ich weiß nicht, wie das Ganze ausgegangen wäre, wenn nicht durch einen Glücksfall ein Arzt aufgetaucht wäre, mit dem es weder Dr. Noznik noch alle diplomierten Psychologen Wiens aufnehmen konnten.

Sein Name lautete Stachu, und er war vor einiger Zeit zu uns Ablesern gestoßen. Stachu kam aus Krakau, und der Grund für seine Flucht nach Wien gab dem Begriff »Emigration« eine neue Dimension. Generell flüchteten Emigranten aus dieser Richtung, um im Westen Profit zu machen, aber bei Stachu war es umgekehrt. Er floh vor seiner neureichen Familie, die in Südpolen einen riesigen Rasenmäherbetrieb hatte, wo er stundenlang Rasen mähen und Kunden die neusten Modelle vorführen musste. Während unserer ersten Mittagspause in der Ziegelhofsiedlung, die nicht unbedingt für Fengshui bekannt war, zeigte Stachu auf die asphaltierten Wege und Schluchten zwischen den Gemeindebauten und seufzte erleichtert: »Nur Beton und Mauern. Kein Stückchen Rasen. Ich bin endlich im Paradies ...«

Von da an verbrachten wir gemeinsam die Mittagspause, in der wir uns das Bier teilten und uns ausführlich über das Leben an sich sowie die Vorteile von Stahlbeton gegenüber der Natur unterhielten. Eines Tages bemerkte Stachu, wie ich auf meinem Block etwas aufschrieb, was über die üblichen Arbeitsnotizen hinausging. Ich hatte nämlich herausgefunden, dass meine Augenstarre erstaunlicherweise nachließ, wenn ich etwas, statt es laut zu sagen, auf Papier festhielt.

Stachu warf einen Blick auf meine Notizen und sagte dann: »Warum notierst du dauernd Szenen aus deiner Kindheit? Hat das irgendeinen bestimmten Zweck?«

Ich stellte erstaunt fest, dass er recht hatte. In meinen Aufzeichnungen wimmelte es nur so von Kindheitsszenen, ohne dass ich es gemerkt hätte.

So erfuhr Stachu als erster Mensch von meiner Augenstarre, und seine Reaktion war professionell.

»Ich mische mich nicht gerne in Privatsachen ein,

aber ich denke, du solltest mal deinen Keller durchlüften«, sagte er.

»Den Keller durchlüften?«, staunte ich, »wie kommst du überhaupt darauf, dass ich einen habe?«

»Jeder hat einen. Und wenn jemand ein Spezialist für schlecht durchlüftete Keller ist, dann sitzt er hier gerade vor dir.«

»Würdest du es so formulieren, dass ich es auch verstehe?«

»Vor ein paar Jahren hatten wir in Krakau einen Keller, in dem mein Vater teuerste Weine, französischen Käse und andere Delikatessen absolut luftdicht verschlossen hielt. Als ich ihn eines Tages aufmachte, flog mir alles um die Ohren. Ich wäre um ein Haar von einem Camembert erschlagen worden.«

»Und was hat dein Camembert mit meiner Augenstarre zu tun?«

»Eine Menge. Und zufällig weiß ich auch ein Krankenhaus, das so merkwürdige Krankheiten wie deine behandelt. Dort kannst du den Keller öffnen, und dann wirst du staunen, was dir um die Ohren fliegt. Und mit etwas Glück siehst du danach deine Augenstarre nie wieder.«

»Tatsächlich? Und was ist das für ein Zauberkrankenhaus?«

»Es gibt im vierten Bezirk einen Verein, wo sich alle

möglichen Leute treffen und über das reden, was sie nicht loslässt. Das klingt zwar wie das Treffen anonymer Emigranten, aber ich habe es auch ausprobiert. Es wirkt Wunder.«

»Ich bin vielleicht ein wenig unter Druck, aber noch nicht so verzweifelt, dass ich vor einer Horde fremder Leute über meine Krankheiten reden will. Außerdem ist meine Emigration längst verjährt.«

»Dann hast du noch weniger zu verlieren. Und außerdem, sieh es von der praktischen Seite. Löst es dein großes Problem nicht, dann vielleicht dein kleines.«

»Mein kleines Problem?«

»Hast du nicht kürzlich erwähnt, dass du gerade einen finanziellen Engpass hast? Der beste Durchlüfter bekommt eine Art Honorar, das aus Spenden finanziert wird.«

Er hatte recht. Vor einer Woche hatte ich Stachu tatsächlich erzählt, wie sich bei mir gleichzeitig zwei Küchengeräte verabschiedet und ein tiefes Loch in mein Budget geschlagen hatten. Zuerst spazierte meine Waschmaschine während des Schleudergangs aus meiner Wohnung und wäre um ein Haar in den Lift eingestiegen. Wenig später begann der Kühlschrank des Nachts Geräusche von sich zu geben, die ich einmal in einem Horrorfilm gehört hatte. Ich winkte ab, wie Leute, die sich geschlagen geben.

»Wo ist das überhaupt?«

»Im vierten. Ich bring dich hin. Der nächste Treff ist schon diesen Donnerstag.«

»Von mir aus. Aber nur weil ich an diesem Tag nichts Besseres zu tun habe.«

Wir verstummten und nippten eine Weile schweigend am Bier. Es war ein lauer Nachmittag Anfang September, und in der Luft lag jene berühmte Ruhe, von der die Dichter früher so viel zu berichten hatten. Warum kann diese Ruhe nicht plötzlich auf mich überschwappen, dachte ich. Dann könnte keine Krankheit mir etwas antun. Aber zumindest hatte ich einen Freund, der sich um meine Gesundheit kümmerte. Ich öffnete ein neues Bier und ließ meiner Neugier freien Lauf.

»Hattet ihr wirklich einen Keller voller Delikatessen, die explodiert sind?«

»Und ob«, nickte er, »alles flog in die Luft. Es sah aus wie im Zweiten Weltkrieg.«

»Dann ist das wirklich ein Glück, dass du dabei nicht umgekommen bist.«

»Was glaubst du, warum ich nach Wien emigriert bin? Reiner Überlebensinstinkt.«

11

Der Emigrantenverein »Heimat und ich« lag tatsächlich im vierten Bezirk und war ein umgebautes Kino, das man am Wochenende als Disco benutzte. An jedem zweiten Donnerstag kamen hier Emigranten aus aller Herren Länder zusammen und veranstalteten Treffen, die immer unter einem anderen Motto stattfanden. Gleich am Eingang wurden Stachu und ich von einem Mann namens Helmut begrüßt. Helmut war ein redlicher, ziemlich ungepflegter Typ, dem man ansah, dass er sich für die Integration vierteilen lassen würde. Was kein Einzelfall war, denn wenn jemandem die Integration am Herzen lag, dann Inländern. Helmut hatte ein feistes Gesicht, und seine wenigen Haare klebten an der Stirn, als hätte er sie dort absichtlich befestigt. Er hatte eine weinerliche Stimme, die zu sagen schien, dass er das Unglück der Welt mit eigenen Augen gesehen hatte und ihn nichts mehr überraschte.

»Wer von euch beiden will heute reden?«, fragte er uns zur Begrüßung.

»Hier, mein Bruder«, sagte Stachu und zeigte auf mich. Ich nickte. Die Frage, warum sich Stachu als mein Bruder ausgab, konnte bis nachher warten.

»Erstklassig«, sagte Helmut, »ich trage dich als letzten Redner ein. Vor dir werden noch zwei andere kommen. Ich hoffe, dass dir das recht ist.«

»Mir ist alles recht«, sagte ich.

»Gute Einstellung. Professionell geradezu. Das heutige Motto lautet übrigens *Such dir eine eigene Heimat*, aber wir nehmen es nicht so genau. Jeder redet, wonach ihm ist. Nehmt schon mal Platz. Ich gebe dir ein Zeichen, wenn du dran bist.«

Wir betraten einen Saal, in dem an die hundert Leute saßen. Die Hälfte bestand aus meinen Landsleuten, denen schwere Melancholie, notorischer Geldmangel und emigrationsbedinge Minderwertigkeitskomplexe ins Gesicht geschrieben standen. Ich bezweifelte, dass jemand aus dieser Horde jemals etwas von einer »Augenstarre« gehört geschweige denn sie irgendwann mal gehabt hatte. Die Probleme, die man hier hatte, waren unter anderem nicht abbezahlte Kredite, ungeplante Schwangerschaften, und das alles abgerundet mit der Fähigkeit, sich mit einer Wodkaflasche in fünf Minuten das Bewusstsein zur Gänze zu nehmen.

»Danke, Bruder. Ich fühle mich schon viel gesünder«, sagte ich zu Stachu.

»Warts nur ab«, gab er zurück, »es ist nicht alles so, wie es auf den ersten Blick aussieht. Außerdem, wer weiß, mit etwas Glück wirst du noch zur Leitfigur der Emigration.«

»Dann wirst du mein Stellvertreter.«

Wir nahmen in der zweiten Reihe neben zwei Türken und einem sonderbaren Individuum Platz, dessen Herkunft irgendwo zwischen Afrika und dem Orient angesiedelt war. Sie beäugten uns argwöhnisch, weil wir immer noch unsere Arbeitskleidung trugen und darin aussahen, als wären wir von einem Spezialkommando, das sich darauf spezialisiert hatte, Emigranten zu jagen.

Nach ein paar Minuten kam Helmut, der Veranstalter, auf die Bühne und eröffnete die Vorstellung.

»Es ist so ein schöner Abend draußen«, verkündete er mit seiner weinerlichen Stimme, »die Leute gehen spazieren, essen Eis und freuen sich auf den Fernsehabend mit Dieter Bohlen, der ihnen wieder genauestens erklären wird, wie die Welt funktioniert. Aber wir hier drinnen wissen, wie es wirklich um diese Welt bestellt ist. Ein großes Feuer hat sie erfasst und wird bald alles verbrennen. Dieses Feuer heißt *Heimatlosigkeit*. Daher haben wir uns heute versammelt, um es gemeinsam zu löschen. Sollen die Ahnungslosen da draußen sich das Gehirn von ihrem Wohlstand frittieren lassen, mögen sie sich alle in einen Verdauungstrakt verwandeln, wir halten die Stellung und kämpfen um uns selbst. Das Motto heute heißt daher: *Such dir deine eigene Heimat. Koste es, was es wolle*. Drei Redner werden sich heute dazu melden. Als Erstes darf ich unseren Star auf die Bühne bitten. Wir kennen sie alle. Es ist die *Junge Ljuba*. Applaus!«

Auf die Bühne trat eine über sechzigjährige, mollige Frau in einem braunen Minirock aus Wolle. Sie setzte sich lasziv auf einen Stuhl und schlug die Beine übereinander. Es regnete sofort noch mal Applaus, und viele riefen ihren Vornamen, was darauf hindeutete, dass die »Junge Ljuba« hier keine Unbekannte war. Sie brachte das Publikum mit einer Geste zum Schweigen und rief ins Mikrofon: »Viele von euch kennen mich bereits und wissen, dass ich mir kein Blatt vor den Mund nehme. Wem es nicht passt, der soll jetzt aufstehen und sich verpissen. Denn heute kommt die Stunde der Wahrheit.«

»Hoch auf die Junge Ljuba!«, rief es aus dem Publikum, »her mit der Wahrheit!«

»Wir leben in einer Männerwelt. Und das ist eine Scheißwelt«, fuhr die »Junge Ljuba« fort, »Männer bestimmen alles, sogar das, was Heimat ist. Und ich bin eine Frau und schäme mich nicht zuzugeben, dass es eine Frauenheimat gibt.«

»Es lebe die Frauenheimat! Scheiß auf die Männer!«, riefen ein paar Bauarbeiter und lachten.

Ich lehnte mich zurück und beobachtete das Geschehen. Es war wie ein skurriler Autounfall, der gerade vor meinen Augen stattfand. Unterdessen machte die »Junge Ljuba« weiter.

»Heute Abend erzähl ich euch von einer Frau, die ihre eigene Heimat gefunden hat«, verkündete sie, und sie begann von einer schönen Blondine zu erzählen, die lange nach dem Prinzip gelebt hatte, alles zu tun, was sie wollte. Dazu gehörte auch ein großzügiger Umgang mit Erotik. Sie ermunterte die Männer zum Analsex und hatte nichts gegen Rollenspiele. Das alles ging so lange gut, bis sie einen Bauingenieur traf, in den sie sich verliebte. Leider war dieser Bauingenieur verheiratet und hielt sein Versprechen, die Ehefrau zu verlassen, nicht. Er verschmähte die schöne Geliebte, indem er sie »in den Mistkübel des Beziehungsmarktes zurückwarf wie eine halb angebissene Marzipanschnitte«. Sie war am Boden zerstört, bis sie eines Tages begriff, dass ihre Weiblichkeit, die ihr zum Verhängnis geworden war, auch ihre Rettung war. Und die konnten alle Ingenieure dieser Welt nicht kaputtmachen. Am Ende der Geschichte saß die Blondine nackt vor dem Spiegel, führte einen zärtlichen Monolog mit ihrer Vagina und nannte sie ihr süßes »Zuhause«.

»Diese Frau ist wie ich!«, rief die »Junge Ljuba«

zum Schluss und stand auf. »Unser Geschlecht ist die einzige wahre Heimat. Tod allen Bauingenieuren!«

Das Publikum brach in Gelächter und tosenden Applaus aus. Er dauerte über eine Minute, und ich fürchtete einen Moment lang, dass die Discoglitzerkugel, die gerade über uns hing, herunterfallen würde.

»Habe ich zu viel versprochen?«, schrie Stachu mir durch den Applaus zu.

»Kein Dekagramm zu viel«, schrie ich zurück, »wie alt ist eigentlich diese *Junge Ljuba*?«

»Das weiß nur der CIA. Komm bloß nicht auf die Idee, sie danach zu fragen«, brüllte Stachu.

Zu mehr kamen wir nicht, denn schon trat der zweite Redner auf die Bühne. Er konnte nicht unterschiedlicher sein. Es war ein junger Mann arabischer Abstammung. Er steckte in einem seltsamen weißen Kostüm, das seine dunkle Haut noch mehr zur Geltung brachte, und seine dunklen Augen glänzten so intensiv, dass die »Junge Ljuba« ihm beim Verlassen der Bühne ein eindeutiges Zwinkern widmete. Der arabische Schönling quittierte das mit einem verbitterten Lächeln und ergriff das Mikrofon.

»Mein Name ist Buri, aber manche nennen mich Robert. Mir ist das egal. Hauptsache, ihr hört mir zu«, stellte er sich vor. »Ich habe euch nämlich eine wichtige Mitteilung zu machen. Letzte Woche habe ich eine Maschine erfunden, die unser aller Problem löst. Wer nicht weiß, wo er zu Hause ist oder wo seine Heimat liegt, der drückt nur einen Knopf, und alles erledigt sich in Sekunden. Dieser Zauberapparat hat nämlich die Eigenschaft, jemand in Sekundenschnelle in einen anderen Menschen zu verwandeln.« Buri fasste zusammen, wie er in kurzer Zeit viele Arten des Lebens ausprobiert hatte. Er hatte sich in einen Chinesen, einen Schweden und »alles Weitere, was die Kulturnationen so zu bieten haben«, verwandelt.

»Aber seit kurzem habe ich meinen Apparat ganz fix auf eine Stufe eingestellt«, erklärte Buri am Ende seines Monologs, »und zwar auf einen sogenannten Europäer. Ich verwandle mich regelmäßig in einen ungefähr vierzigjährigen, fettleibigen weißen Mann, mit einem Hang zum Weizenbier und einer Abneigung gegen Emigranten. Niemand starrt mich seither an, im Gegenteil, die anderen weißen Männer und Frauen nicken mir verschwörerisch zu. Seitdem vergesse ich immer öfter, meine ursprüngliche Gestalt anzunehmen, und gehe so, wie ich gerade bin, weiß und betrunken, durch die Welt. Das ist meine Heimat, die ich mir selbst gesucht habe«, schloss Buri, »und so schlimm sich das anhört, seit ich beschlossen habe, mit Gewalt ein Europäer zu werden, schlafe ich endlich besser.«

Buri verneigte sich, und es regnete wieder Applaus, wenn auch nicht so intensiv wie bei der »Jungen Ljuba«. Diese allerdings applaudierte so stark, dass sie fast vom Stuhl fiel. Stachu stieß mich mit dem Ellbogen an.

»Die Konkurrenz ist hart, aber ich glaub an dich, Bruder«, sagte er. »Du marschierst jetzt da raus und machst mir keine Schande!«

»Das wäre auch ein ziemliches Kunststück«, murmelte ich und ging auf die Bühne. Ich geriet noch in den Applaus für Buri hinein, sodass ich ein wenig warten musste, bis sich alle beruhigt hatten. Dann sagte ich ins Mikrofon: »Hallo, alle miteinander. Mein Bruder hat mir vorgeschlagen, dass ich hier vorbeikommen soll und etwas über mich erzählen. Aber eigentlich habe ich nichts Kluges zu sagen, denn ich bin genau derselben Meinung wie die *Junge Ljuba* und Buri. Man muss sich die Heimat suchen, was natürlich nicht einfach ist. Heimat ist wie eine Frau: Entweder sie wird von einem anderen Typen geklaut, oder sie löst sich einfach eines Tages von selbst in nichts auf.«

Mit diesem originellen Vergleich wollte ich meinen Vortrag wieder beenden. Aber zu meiner Verblüffung hatte ich offenbar einen Nerv getroffen. Man fing an zu grölen. »Recht hat er!«, rief es aus dem Publikum.

»Die Heimat ist eine Schlampe!« und »Erzähl uns mehr über die Schlampe!«

»Schlampe ist vielleicht ein zu starkes Wort«, ruderte ich zurück, »aber die Suche danach ist kein Zuckerschlecken. Ich persönlich habe an allen möglichen Fronten gekämpft, und es hat gedauert, bis ich mich halbwegs aus dem Schlamassel ziehen konnte.«

»Und wie?«, rief es wieder aus dem Publikum, »wie hast du die Scheiße erledigt? Los, Erzähl was. Machs nicht so spannend!«

Es wäre keine gute Idee, an dieser Stelle zu unterbrechen, und ich fuhr fort:

»Ob ich es erledigt habe, weiß ich nicht. Aber ich habe ein paar nützliche Dinge herausgefunden. Das Wichtigste ist, dass man die Heimat nur an einem Ort findet. Und zwar hier«, ich tippte mir an die Schläfe, »das hat mir mein Großvater beigebracht, als ich noch klein war. Er zeigte mir mal eine Fabrik, die an unserem Fluss stand, und sagte: Dort werden in einer Stunde tausend Paar Schuhe produziert, am Fließband, was eine richtige Tragödie ist. Aber weißt du, was noch schlimmer ist? Dass man dort künftige Emigranten produziert. Das ist jemand, der keine Zeit hat, über sich nachzudenken. Man muss daher wie ein Boot sein, das ständig den Kurs selbst korrigiert«, schloss ich, »dann kommt man ans Ziel.«

Ich hatte befürchtet, dass man mich nach diesem eleganten Schluss bestimmt nicht entlassen würde, aber ich irrte mich. Das Publikum schien mit meinem letzten Satz zufrieden zu sein und fing an zu applaudieren. Der Applaus kam fast an den für die »Junge Ljuba« heran, und das sollte schon was heißen. Ich ließ das Mikrofon los und machte mich auf den Weg, die Bühne zu verlassen. Aber als ich die Stufen erreichte, passierte etwas Unerwartetes. Plötzlich ging das Licht im Saal aus, und es wurde stockdunkel im Raum. Das war richtig unheimlich, denn der ganze tobende Saal war mit einem Schlag wie weggezaubert. Und dann, als es anfing, richtig ungemütlich zu werden, rief auf einmal jemand aus der Dunkelheit: »Und wann lässt du dein Boot laufen, du Klugscheißer.«

Kaum war der Satz verklungen, ging das Licht wieder an. Ich versuchte den Witzbold auszumachen, der den Ausruf getätigt hatte, aber es war unmöglich. Es hätte jeder sein können. In diesem Moment stürmte Helmut, der Veranstalter, auf die Bühne und tätschelte mir die Schulter.

»Nicht schlecht für einen Anfänger«, lobte er mich, »bisschen lang, aber sonst okay. Das mit dem Licht tut mir leid, so etwas hatten wir hier noch nie. Und jetzt trinken wir was an der Bar und schauen nach, ob du was gewonnen hast.«

»Bin schon unterwegs«, ich schaute wieder auf das Publikum, das sich langsam auflöste. Der Satz, der aus der Dunkelheit gekommen war, ging mir nicht aus dem Sinn. Ich fing an, ihn im Kopf zu wiederholen, so wie man eine Zauberformel wiederholt und hofft, dass ein Wunder passiert. Und dann passierte plötzlich wirklich etwas. Ich hatte die Ursache für meine Augenstarre gefunden. Sie war so simpel, dass ich staunte, warum ich nicht selber darauf gekommen war. Offenbar musste ich tatsächlich erst den Keller durchlüften und warten, bis ein besoffener Emigrant aus dem Publikum des Vereines »Heimat und ich« die magischen Worte sprach, auf die ich niemals von selbst gekommen wäre: »Und wann lässt du dein Boot laufen, du Klugscheißer.«

12

Man sagt, dass eine Heilung von der Wirklichkeit nochmal überprüft wird. Sobald der Kranke das Spital verlassen hat, wird sein Zustand auf eine echte Probe gestellt, und erst dann ist er gesund.

Anders konnte ich das jedenfalls nicht nennen, was mir nur ein paar Tage später widerfuhr. Der größte Albtraum, vor dem sich jeder Ableser fürchtete, wurde für mich wahr: Ich geriet bei der Arbeit an einen Selbstmörder.

Es fing alles ganz normal an. Ich lief durch die Stiegen und erledigte eine Wohnung nach der anderen, bis ich an eine Tür im letzten Stock klopfte. Ein seltsamer Mann öffnete und sagte mit müder Stimme, dass ich später kommen sollte. Ich ignorierte das, wie immer, weil ich sonst nur in jede dritte Wohnung hineinkommen würde, sagte meinen Spruch auf, »brauche nur fünf Minuten und bin gleich wieder Geschichte«, und betrat die Wohnung. Ich lief von Heizung zu Heizung, ohne etwas Ungewöhnliches zu bemerken, und als ich durch war, ging ich in die Küche, um mir die Ergebnisse unterschreiben zu lassen. Aber als ich die Küche betrat, sah ich den Mann zunächst nirgends. Ich entdeckte ihn im offenen Fenster. Unter ihm waren zehn Stockwerke freien Falls. Mich überkam eine absolute Ruhe, und ich stellte, als hätte ich auf einmal alle Zeit der Welt, leise das Instrumentenkästchen auf den Boden. Dann sagte ich mit einer ruhigen und ausgewogenen Stimme: »Sie machen einen Riesenfehler. Das ist es nicht wert.«

Es war nicht der Gipfel der Originalität, aber es wirkte. Der Selbstmörder zuckte kurz zusammen und erwiderte, ohne sich umzudrehen: »Ich tue, was ich will. Mischen Sie sich nicht ein und verlassen Sie meine Wohnung!«

»Das mache ich. Aber nicht ohne vorher mit Ihnen zu reden.«

»Wie Sie wollen. Dann mache ich es eben vor Ihren Augen«, sagte er. Er lehnte sich so weit hinaus, bis seine Arme das ganze Gewicht seines Körpers trugen. Sie fingen vor Anstrengung zu zittern an, doch als ich dachte, er würde springen, wich er im letzten Moment wieder zurück. Seine Stimme schlug plötzlich in Ärger um. »Worüber wollen Sie noch reden? Sehen Sie nicht, was hier los ist?«

»Das sehe ich. Und genau deswegen kann ich nicht gehen.«

Er drehte sich zu mir um, was ein akrobatisches Kunststück war. Auf seinem Gesicht erschien ein gequältes Lächeln.

»Hören Sie zu«, sagte er, »Sie sind ein freundlicher junger Mann, der einen künftigen Toten vor sich sieht und alles versucht, um ihn zu retten. Und an Ihrer Stelle würde ich mich genauso verhalten und Verwirrung stiften. Aber es ist zu spät. Und jetzt nehmen Sie Ihren Instrumentenkasten und verschwinden durch die Tür, durch die Sie gekommen sind.«

»Ich will nicht Verwirrung stiften«, erwiderte ich ruhig, »ich will nur eins: Ihnen eine Geschichte erzählen. Und dann können Sie tun, was Sie wollen. Alles, was ich brauche, sind nur fünf Minuten.«

»Sie haben drei.«

»Ob Sie es glauben oder nicht, ich kannte mal einen Mann, der genau in derselben Zwickmühle wie Sie steckte«, sagte ich, »aber dann passierte etwas Ungewöhnliches, man könnte sagen, ein kleines Wunder, und er begann zu schwanken. Und sobald er zu schwanken begann, begriff er, dass er viel mehr Einfluss hatte auf das, was geschieht, als er dachte.«

»Tut mir leid. Ich verstehe kein Wort.«

»Ich glaube, Sie verstehen sehr gut.«

»Niemand kann sich selbst aus seinem Unglück herausziehen, nicht, wenn ein bestimmter Punkt überschritten ist. Erzählen Sie mir nichts«, sagte er.

»Und was wäre, wenn ich es Ihnen beweise? Ich könnte es nämlich.«

»Und wie?«

»Dieser Jemand hat ein Rezept hinterlassen, wie man es hinbekommt. Und jetzt ist er nicht nur lebendig, sondern weiß auch, wie man das Boot laufenlässt. Ich würde Ihnen gerne dieses Rezept vorbeibringen. Wenn Sie wollen, schon morgen.«

»Sie kochen jetzt nur Ihr eigenes Süppchen. Sobald ich vom Fensterbrett steige, rufen Sie die Rettung oder sonst jemanden, und dann wird man mich kaltstellen.«

»Natürlich, das könnte ich machen. Aber würde das was helfen? Irgendwann wird man Sie entlassen, und Sie werden doch nur wieder auf ein Fensterbrett steigen.«

»Was wissen Sie schon über mein Schlamassel?«

»Ich weiß so viel darüber, als wäre es mein eigenes.«

Er schaute mich an und begann plötzlich zu schwanken. Dann betrachtete er das Küchenregal hinter mir und sagte: »Und woher weiß ich, dass Sie nicht lügen? Woher weiß ich, dass Sie nicht einfach nur heil hier rauswollen, um sich einen unappetitlichen Anblick zu ersparen, und nicht wiederkommen?«

»Warten Sie einen Tag. Sie können ja morgen, wenn ich nicht mit diesem Rezept erscheine, wieder auf das Fensterbrett steigen und die Sache zu Ende bringen.

Was haben Sie schon zu verlieren? Der Sprung läuft Ihnen nicht weg.«

Er verstummte, und sein Blick fegte über die ganze Küche.

»Ich weiß nicht, was mit mir los ist«, sagte er, »es ist als würde ich doppelt und gar nicht vorhanden sein. Alles, was ich anfasse und sehe, ist wie …« – er suchte nach dem richtigen Wort.

»… in Watte gepackt«, sprach ich zu Ende.

»Das ist die Luft, die Ihnen zu schaffen macht«, sagte ich.

Er versuchte zu lächeln und schaute mich wieder an.

»Der Sprung läuft mir nicht weg. Sie haben recht.« Er streckte die Hand aus: »Helfen Sie mir herunter.«

Ich ergriff seine Hand. Als er herunterstieg, hielt er sich an der Tischkante fest. Ich half ihm, sich auf den Stuhl zu setzen, und wischte mir über das Gesicht. Ich war schweißgebadet.

»Ich warte bis morgen. Seien Sie pünktlich«, sagte er.

»Das werde ich. Bis morgen.«

Ich sammelte meine Instrumente auf und ging zum Ausgang. Nachdem ich die Tür geschlossen hatte, lehnte ich mich nach ein paar Metern an die Wand. Ich war so erschöpft wie nach einem Marathon. Dann riss ich mich zusammen und sagte mir: Es wird Zeit, dass du deine Notizen für etwas Brauchbareres verwendest, als ständig nur Kindererinnerungen zu verfassen.

13

Wenn man wenig Zeit hat, um ein Wunder zu vollbringen, braucht man zumindest einen Ort, wo man zur Hochform aufläuft. Das ist schon die halbe Miete. Wenigstens damit hatte ich keine Schwierigkeiten. Ich fuhr noch am selben Abend in mein Lieblingswirtshaus im vierzehnten Bezirk und suchte mir im Gastgarten einen abgelegenen Tisch. Dann ließ ich Wein kommen und nahm mein Notizheft heraus. Es war ein feierlicher Moment. Zum ersten Mal verwendete ich es nicht für mich, sondern für jemand anderen. Das war eine große Verantwortung, und ich konnte mir keinen Fehler leisten. Ich nahm daher einen zweiten Schluck Wein und hätte am liebsten noch einen dritten genommen, aber ich kannte meine Benebelungsgrenze. Jenseits dieser Grenze funktionierte der Kopf nur noch symbolisch, auch wenn die, die gerne Wein trinken, immer das Gegenteil behaupteten.

Ich nahm den Kugelschreiber in die Hand und schlug die erste Seite auf. Schon der erste Satz war nicht leicht, um nicht zu sagen, der schwerste von allen. Wie sollte ich ihn anreden? Sehr geehrter Selbstmörder, oder vielleicht, Sehr geehrter Kunde der Heizungsbetriebe? Eins klang idiotischer als das andere, also suchte in den Ableser-Unterlagen nach seinem Namen. Er hieß Felix, was kein glücklicher Name für einen Lebensmüden war, aber immer noch besser als die beiden anderen Möglichkeiten. Offenbar war ich bereits auf das erste Naturgesetz des Notierens gestoßen. Es gab nie eine ideale Lösung.

»Sehr geehrter Herr Felix«, fing ich an, »bevor ich Ihnen dieses Rezept offenlege, muss ich zugeben, dass es gewissermaßen eine erfundene Geschichte ist. Ich hatte aber in der kurzen Zeit bei Ihnen nicht viele Möglichkeiten, mir eine andere Form einfallen zu lassen. Dennoch, so erfunden das Ganze ist, so wahr ist es auch.«

Ich las, was ich geschrieben hatte. Das war kein guter Anfang. Ich hatte alles verraten und trotzdem nichts erklärt. Nach so einer Einleitung würde er gleich zum Fenster laufen.

Ich begann noch einmal. »Sehr geehrter Herr Felix. Der Mann, der genau wie Sie genug vom Leben hatte und sich ein Fensterbrett suchte, um es als Trampolin in eine neue Welt zu verwenden, hieß Walerian. Ich kenne ihn ganz gut; daher ist alles, was hier steht, aus erster Hand. Wie jeder andere Mensch hatte auch er ursprünglich nicht vor, als Selbstmörder zu enden. Im Gegenteil. Er hatte schon als Kind Pläne für sein Leben, und sein Charakter war auch nicht so kompliziert, dass er ihm irgendwann dabei im Wege stehen würde. Ich kann unmöglich sagen, warum bei Ihnen die Dinge aus dem Lot geraten sind, aber bei diesem Walerian weiß ich es genau. Er lebte zuerst in einem ruhigen Städtchen in Polen mit seinen Großeltern. Haben Sie mal ein Märchen von den Brüdern Grimm gelesen? So war es dort. Die Leute hatten es nie eilig, und der Ort war so klein, dass man dort nur zu Fuß ging. Aber dann wurde er ohne Vorwarnung von seiner kindischen Mutter nach Wien entführt, und alles brach zusammen. Die Sprache war fremd und rau, die Leute hatten keine Seele, und er musste in Lichtgeschwindigkeit erwachsen werden. Aber das größte Problem war die Sehnsucht nach seinen Großeltern und dem Garten in dem kleinen Ort, in dem er aufgewachsen war. Er hatte nie vorher oder nachher einen derart bohrenden Schmerz erlebt. Das allein hätte schon ein Dutzend Männer unter die Erde gebracht, und bei Walerian war es nicht anders. Daher hatte er immer mehr das Gefühl, dass alles um ihn herum sich in Luft verwandelte. Die Leute auf der Straße wurden von Tag zu Tag durchsichtiger, die Gegenstände wurden immer leichter, und zu alldem ertappte er sich immer öfter dabei, dass er beim Frühstück statt Müsli nur noch Luft aus dem Teller löffelte. Es war also nur eine Frage der Zeit, bis er massive Selbstmordgedanken bekam. Eines Tages war es so weit. Er kaufte sich eine Eintrittskarte für den Turm im Stephansdom, weil er gehört hatte, dass dort der höchstgelegene Punkt der Stadt war. Ein Sprung aus großer Höhe erschien ihm zuverlässiger als Schlaftabletten oder ein Schnellzug. Außerdem spekulierte er damit, dass mit etwas Glück vielleicht ein paar japanische Touristen seinen Fall aufnehmen würden, und nachher seine Mutter sehen würde, was sie angerichtet hatte. Er war mit einem Bein schon drüben, aber trotzdem immer noch ein wenig eitel. Er stieg am besagten Tag also auf den Turm hinauf, mischte sich unter die Touristen und fand ein diskretes Fenster, von dem er hinunterspringen konnte. Er stellte sich aufs Fensterbrett, und unter ihm war, genau wie bei Ihnen, nur noch eine Menge Luft, die bereit war, ihn nach unten zu reichen, bis er auf dem Beton zerschellen würde. Und dann passierte etwas, was Walerian bis heute nicht versteht. Die Psychologen würden sagen, es war Überlebensinstinkt, die Intellektuellen, eine Halluzination, jedenfalls, als Walerian auf diesem gotischen Fensterbrett stand, gab es ihn plötzlich zwei Mal. Einen Walerian, der nach wie vor im Fenster stand, und den anderen, der bereits gesprungen war. Aber nicht aus dem Fenster, sondern in eine neue Welt. Er benutzte die Luft für seine Zwecke, begann zu schweben und verlor langsam seine Angst. Und am Ende begann er zu strampeln und machte aus Luft Beton, sodass er wieder festen Boden unter den Füßen hatte.

In diesem Moment wachte er auf und sah sich immer noch im Fenster des Turmes stehen. Um ein Haar hätte er das Gleichgewicht verloren und wäre hinuntergestürzt, hätte er sich nicht im letzten Moment festgehalten. Vorsichtig stieg er vom Fensterbrett und nahm entgegen seiner ursprünglichen Absicht die Stufen nach unten, wie jeder andere auch. Von da an dachte er nie wieder daran, ein Tänzchen mit der Gravitation anzufangen.

Sie sehen also, Herr Felix, Sie sind, erlauben Sie die etwas blumige Formulierung, nicht allein auf Ihrem Fensterbrett. Ich weiß ehrlich gesagt nicht, wie ich Ihnen Ihren Sprung ausreden kann, vielleicht ist es wirklich zu spät dafür, aber erlauben Sie mir eine Frage, die nur logisch ist. Wenn dieser Walerian es geschafft hat, warum können Sie es nicht auch?

Warten Sie nur auf den Tag, an dem es Sie zwei Mal gibt. Nicht wie in den Filmen, wo einer vor sich selbst wegläuft, sondern so, dass es Sie doppelt gibt und Sie sich selbst aus dem Wasser ziehen können. Mehr kann ich Ihnen nicht raten, denn ich bin nur der Bote, der eine Nachricht überbringt. Aber die Nachricht ist klüger als wir alle zusammen, und es würde mir viel bedeuten, Sie bei meinem Besuch nächstes Jahr gesund und munter zu sehen.

Verdoppeln Sie sich und nicht das Problem. Ihr ergebener Heizungsableser.«

Ich legte den Stift weg und las noch einmal durch, was ich geschrieben hatte. Das war kein Kunstwerk, aber ich hatte das Boot laufenlassen. So gut ich eben konnte. Jetzt konnte ich nur zusehen, ob es sein Ziel erreichte.

Ich goss mir ein neues Glas Wein ein. Meine Benebelungsgrenze spielte jetzt keine Rolle mehr. Daher ließ ich den Blick über den Gastgarten schweifen. Es war inzwischen dunkel geworden, und man hatte Laternen angezündet. Ich staunte, wie friedlich alles war, und fühlte, wie sich langsam eine angenehme Leere in meinem Kopf ausbreitete. Und während ich diese Leere auskostete, überkam mich eine unbändige Lust, mit jemanden darüber zu reden, was mir in letzter Zeit widerfahren war. Und sosehr ich auch alles drehte und wendete, es kam mir dafür am Ende immer nur eine Person in den Sinn.

14

»Das ist wirklich ein ungewöhnliches Lokal. Oder vielmehr ein Museum, in dem man von einem Kellner bedient wird«, sagte Teresa und sah sich schon zum dritten Mal innerhalb weniger Minuten im Gastgarten um. Wir saßen an demselben Tisch, an dem ich eine Woche zuvor mein Rezept für den Selbstmörder verfasst hatte. Vor uns standen zwei Gläser und eine Weinkaraffe, aus der sich Teresa bediente.

»Ich bin überrascht, dass du es mir zeigst. Nur eins überrascht mich noch mehr, nämlich, dass du dich nach einer Ewigkeit wieder bei mir gemeldet hast«, sagte sie.

»Drei Wochen sind keine Ewigkeit. Und wenn du hörst, was ich alles zu erledigen hatte, wirst du es verstehen«, beruhigte ich sie, obwohl ich eigentlich mich beruhigen musste. Ich war erstaunlich nervös. Ich hatte einiges zu sagen und fürchtete, dass ich es nicht in der richtigen Reihenfolge vorbringen konnte.

»Also, die Außenbedingungen sind wohl mehr als erfüllt.« Sie zeigte um sich. »Ich bin ganz Ohr.«

Ich nahm noch einen Schluck Wein und fuhr fort: »Seit unserem letzten Treffen sind zwei Dinge passiert, über die ich mit dir reden möchte. An einem warst du direkt beteiligt, an dem anderen nicht. Verstehst du?«

»Nein. Aber bestimmt kannst du das so ausdrücken, dass ich es doch verstehe.«

Ich nahm einen neuen Anlauf und legte die Hand auf die Tischplatte.

»Fangen wir mit diesem Tisch an. Genau vor einer Woche saß ich da und musste ein Wunder vollbringen. Nur mit einem Stift und einem Stück Papier. Bei der Gelegenheit habe ich alles aus einer neuen Perspektive gesehen. Biblisch formuliert: Ich erkannte, dass mir ein anderes Leben vorbestimmt war.«

Ihre Augenbrauen schossen belustigt nach oben.

»Das klingt wirklich biblisch.«

»Es fängt schon mit meinem Namen an. Ich sollte eigentlich ganz anders heißen, aber meine Mutter litt kurzfristig an Sauerstoffmangel, und deshalb heiße ich wie ein polnisches Beruhigungsmittel. Dazu kamen diese Entführung nach Wien und dann noch ein paar andere Dinge, die ich jetzt lieber auslasse. Kurzum, wäre das alles nicht passiert, würde ich jetzt in Polen sitzen, einen ruhigen Job haben und bestimmt nicht Deutsch sprechen. Ja, ich würde es nicht einmal verstehen.«

»Du vergisst das Wichtigste«, ergänzte Teresa, »bestimmt hättest du jetzt schon eine polnische Frau.

Und womöglich zwei slawisch aussehende Kinder. Höchstwahrscheinlich auch einen Hund, der auf Polnisch bellt.«

»Das glaube ich zwar kaum, aber du weißt, worauf ich hinauswill. Ich habe berechtigte Gründe, mich als ein Zufallsprodukt zu sehen.«

»Natürlich hast du die. Aber die haben wir doch alle. Wir alle segeln von Zufall zu Zufall und tun so, als wäre alles vorausbestimmt. So etwas lernt man schon in der Schule, oder?«

»Nicht in der, in der ich war. Na, jedenfalls habe ich gelernt, das Boot laufenzulassen. Du wirst nicht glauben, wer mich auf diese Idee gebracht hat.«

»Lass mich raten. Eine intelligente, deutschsprachige Frau, die kurze Haare hat und deren Vorname mit T anfängt?«

»Besser. Es war ein Selbstmörder.«

»Was? Von welchem Selbstmörder redest du?«

»Er heißt Felix, und als ich ihn sprungbereit dastehen sah, dachte ich, was für ein Glückspilz. Ich wurde schon mit zwölf aus dem Fenster gestoßen. Und seither falle ich. Tag und Nacht. Egal, was ich tue. Sogar jetzt, während ich hier sitze, bin ich am Fallen.«

»Das ist ein spektakulärer Ausspruch. Aber nicht besonders originell. Trotzdem weiß ich nicht, worauf du hinauswillst.«

»Darauf, dass ich in diesem Moment schlagartig etwas begriffen hatte. Man könnte fast schon von einer Erleuchtung sprechen. Und diese Erleuchtung zwingt mich jetzt und hier, dich etwas zu fragen. Eine Sekunde …«

Ich nahm mein Glas und trank einen Schluck. Und dann noch einen.

»Also, Teresa«, fing ich noch einmal an, »das hört sich jetzt auch wenig originell an und vermutlich nicht mal spektakulär, aber ich wollte dich fragen, ob du nicht Lust hättest, ein Stückchen mit mir gemeinsam zu fallen?«

Sie verstummte und schaute mich an, als ob sie mich zum ersten Mal in ihrem Leben sehen würde.

»Soll ich wiederholen?«, fragte ich nach.

»Nicht nötig. Warte du jetzt eine Sekunde …«

Ihre Hand tastete nach dem Glas. Sie nahm es und führte es an ihren Mund. Dann stellte sie es ab und schüttelte verwundert den Kopf: »Mut antrinken ist ein Märchen. Hast du das gewusst?«

»Habe ich. Also, was sagst du?«

»Abgesehen davon, dass du mir gerade so etwas wie einen Antrag machst, wie stellst du dir dieses gemeinsame Fallen vor? Eins ist sicher, wohnen werden wir nicht zusammen.«

»Ich dachte eher an weniger invasive Sachen. Wie

einmal in der Woche hier vorbeischauen und ein Glas trinken. Hin und wieder telefonieren. Kein Handy, sondern nur Festnetz. Du würdest vielleicht bei Gelegenheit auch meinen Freund Stachu kennenlernen. Und natürlich könnten wir hin und wieder ein paar Intimitäten austauschen, ohne zu viel hineinzuprojizieren.«

»Du hast dir also schon alles genau überlegt«, schmunzelte sie, »seit wann hast du überhaupt einen Freund namens Stachu?«

»Seit kurzem. Er ist eher ein Arbeitskollege. Aber er hat auch einen gewissen Anteil an meiner Reparatur.«

Sie fing an, ihr Glas zu studieren, als wäre es ein Buch. Sie schwankte sichtlich, aber dann sagte sie: »Mit einigen Punkten aus deiner Liste könnte ich mich anfreunden. Welche genau es sind, erfährst du zu gegebener Zeit.«

»Dann ist das sozusagen eine Art Ja?«

»Sozusagen. Aber unter einer Bedingung.«

»Und was für einer?«

»Es kommt darauf an, wie du auf mein Geschenk reagierst.«

»Du hast ein Geschenk für mich?«

»Sogar zwei. Ich trage sie schon seit Wochen in meiner Handtasche herum.«

Sie verstummte und holte aus ihrer Handtasche zwei Umschläge. Der eine war groß, der andere klein und aus blauem Papier. Sie legte beide auf den Tisch.

»Öffne zuerst das kleine Geschenk.«

Ich öffnete den Umschlag, und heraus fiel eine Glückwunschkarte mit einem Ticket. Ich las laut vor: »Der Besitzer dieses Tickets ist berechtigt, eine zweiwöchige Reise zu einem Ort seiner Wahl anzutreten. Die Hotelkosten und Verkehrsmittel sind mit inbegriffen.«

»Es wird Zeit, dass du endlich eine Reise machst, wo du bestimmst, wo es hingehen soll. Ich kann mich unter Umständen als deine Begleitperson anbieten.«

»Und das zweite Geschenk?«

»Mach es auf.«

Ich öffnete es und holte einen eleganten, teuren Notizblock heraus.

»Sehr hübsch«, staunte ich. »Wofür ist denn der?«

»Du wirst alles, was dir ab jetzt passiert, aufschreiben. Keine Kindheitserinnerungen oder ähnliches Zeug mehr. Nur erwachsene Sachen. Und dann und wann kannst du sie mir vorlesen. Also, was sagst du zu meiner Bedingung?«

Ich verstummte und betrachtete das Notizbuch. Es war aus sehr schönem Papier gemacht. Die glatten weißen Seiten schienen nur darauf zu warten, beschriftet zu werden. Ich musste es an mein Gesicht führen und daran riechen. Nichts riecht so wie frisches Papier. Ich klappte es zu und sagte zu Teresa: »Einverstanden. Aber eine Sache bleibt noch …«

»Und welche?«

»Wo soll ich dir das vorlesen? Hier oder bei dir zu Hause?«

Teresa verstummte und dachte nach. Dann sagte sie: »Das überlassen wir am besten dem Zufall.«

»Dem Zufall? Das kommt nicht in Frage.«

»Und wieso?«, staunte sie.

»Weil ich keine Ahnung habe, wie man so etwas Wichtiges dem Zufall überlassen kann?«

»Wirklich nicht?« Sie lächelte genau so wie an dem Abend, an dem wir uns nach Jahren zum ersten Mal wieder im »Aquarium« gesehen hatten. Dann schaute sie auf den Tisch und sagte, als würde sie zu ihm und nicht zu mir sprechen: »Wie kann jemand, der gerade fällt, das nicht wissen? Das liegt doch auf der Hand. Wir werfen eine Münze.«

Julya Rabinowich
Krötenliebe
Roman
192 Seiten. Deuticke 2016

Alma Mahler, die *femme fatale*, die den Verlust ihres Vaters mit einer unüberschaubaren Zahl von Liebhabern aufzuwiegen versucht, Paul Kammerer, der umstrittene Vater der Epigenetik, der das Geheimnis um seine Kröten-Experimente mit ins Grab nimmt, und Oskar Kokoschka, das *enfant terrible* der Wiener Kunst im frühen 20. Jahrhundert, der seinem Liebeskummer mit mehr als unzulänglichen Mitteln beizukommen versucht: die Protagonisten eines skurrilen Ringelspieles. Julya Rabinowich geht der Sehnsucht nach, in der diese drei miteinander verbunden sind. Ein faszinierender Remix historischer Skandale und Begebenheiten zwischen Venedig, Dresden und Wien im Österreich der Jahrhundertwende.

»Ein Sprach- und Bilderkunstwerk, in dem sich Julya Rabinowich auf der Höhe ihrer Kunst zeigt.«
Cathrin Kahlweit, *Süddeutsche Zeitung*

»Ein knapper Text von atmosphärischer Macht, unmerklich ausgeklügelt, prägnant, unaufdringlich empathisch und von souveräner Ironie.«
Daniela Strigl, *Frankfurter Allgemeine Zeitung*

René Freund

Niemand weiß, wie spät es ist

Roman

272 Seiten. Deuticke 2016

Nora hat ihren Vater verloren. Das wäre schon schlimm genug, doch dann erfährt sie seinen letzten Willen. Sie muss Paris und ihr schönes Leben in Frankreich verlassen, um mit der Asche ihres Vaters im Handgepäck und einem pedantischen jungen Notariatsgehilfen, der ihr täglich das nächste Etappenziel mitteilt, eine Wanderung zu unternehmen – durch Österreich, ein Land, das sie kaum kennt. Nora, die lebenslustige Chaotin, und Bernhard, der strenge Asket, folgen zwischen Regengüssen, Wortgefechten und allmählicher Annäherung einem Plan, der ihr Leben auf den Kopf stellen wird. Ein Roman über Liebe und Freundschaft und über eine ungewöhnliche Reise mit überraschendem Ziel.

»Ein spannendes Vergnügen, an dem auch Esoterik-Muffel ihre Freude haben können.« Claudio Campagna, NDR Kultur

»Eine romantische Komödie, die eine Mahnung vor der Endlichkeit im Titel trägt – das weckt Erwartungen. Und tatsächlich dribbelt René Freund die genretypischen Klischees (Mann vs. Frau, Stadt vs. Land) geschickt aus.«

Dominika Meindl, *Falter*

Peter Henisch

Suchbild mit Katze

Roman

208 Seiten. Deuticke 2016

Ein Kind lehnt am Fenster, neben ihm, auf dem Fensterbrett, sitzt eine Katze. Sie ist die erste in seinem Leben. Das Fenster ist eines von vielen, aus denen es schauen wird, doch hier erwacht sein Bewusstsein. Der Autor nimmt uns in diesem Buch mit in seine Kindheit im Wien der Nachkriegszeit. Dass es zu verträumt ist, das hört das Kind nicht selten. Das Träumen ist eine Eigenschaft, die sich der Schriftsteller Peter Henisch bewahrt hat, und bis heute ist er auch ein Katzenfreund geblieben. Die Katzen, die sein Leben begleitet haben, und die Fenster, aus denen er die Welt betrachtet hat, bilden den Rahmen für diese Autobiographie, in der Henisch kunstvoll persönliche Geschichte mit Zeitgeschichte verknüpft.

»Peter Henisch schreibt so scheinbar leicht, so heiter-melancholisch, wie Franz Schubert komponierte.« *Der Spiegel*

»Mit einer guten Portion Selbstironie, unsentimental und ohne Weichzeichner unternimmt Peter Henisch hier eine vorsichtige Aneignung der eigenen Geschichte. Ein berührendes Mosaik aus Erinnerungsstücken, eine atmosphärisch dichte, konzentrierte Prosa.« Kristina Pfoser, Ö1